Monika Helfer
Wenn der Bräutigam kommt

Zu diesem Buch

Vasko Honca war damals der vielversprechendste Liebhaber von Brunas Mutter gewesen, und beide, Mutter und Tochter, waren von Anfang an fasziniert von ihm. Als Bruna fünfzehn Jahre später die Todesanzeige von Vasko, von dem weder sie noch ihre Mutter jemals wieder gehört haben, in der Zeitung entdeckt, nimmt sie das zum Anlaß, die Geschichte von damals noch einmal zu erzählen – ihrer eigenen Tochter Judy und ihrer Halbschwester Sonja. »Wenn der Bräutigam kommt« ist eine unsentimentale und doch zutiefst poetische Parabel auf die Wechselfälle der Liebe. Mit einem scharfen Ohr für die leisen Zwischentöne des Lebens beschreibt Monika Helfer drei Generationen von Frauen, die mit Witz und einer gehörigen Portion Eigensinn versuchen, ihr Schicksal selbst in die Hand zu nehmen.

Monika Helfer, geboren 1947 in Au im Bregenzerwald, lebt heute in Vorarlberg. Sie schrieb Erzählungen und Romane, darunter »Die wilden Kinder« (1984), »Ich lieb Dich überhaupt nicht mehr« (1989), »Der Neffe« (1991) und »Oskar und Lilli« (1994). Sie erhielt zahlreiche Auszeichnungen, unter anderen 1996 das hochdotierte Robert-Musil-Stipendium und 1997 den renommierten Österreichischen Würdigungspreis. Zuletzt erschien ihr Roman »Mein Mörder« (1999).

Monika Helfer
Wenn der Bräutigam kommt

Roman

Piper München Zürich

Von Monika Helfer liegen in der Serie Piper außerdem vor:
Die wilden Kinder (659)
Ich lieb Dich überhaupt nicht mehr (1343)
Der Neffe (1829)
Oskar und Lilli (2165)

Ungekürzte Taschenbuchausgabe
Januar 2000

Umschlag: Büro Hamburg
Stefanie Oberbeck, Katrin Hoffmann
Umschlagabbildung: Dave Holt
Foto Umschlagrückseite: Sepp Dreissinger
Satz: Uhl + Massopust, Aalen
Druck und Bindung: Clausen & Bosse, Leck
Printed in Germany ISBN 3-492-22961-1

An Judy

Ich las die Todesanzeige in unserer Zeitung: »Vasko Honca«. Darüber ein Kreuz. Und: daß er »von uns gegangen« ist. Und: »In Liebe und Dankbarkeit Deine Frau Britta und Deine Tochter Dani«. Mein erster Gedanke: Warum kürzt sein Balg seinen Namen eigentlich ab, wenn es ihn dann doch nicht mit »y« schreibt? Rechts neben dem Kreuz sein Bild. Kein Paßfoto. Extra gemacht für danach. Für den Tod gemacht.

Das ist er.

Ich erkannte ihn erst gar nicht. Sein schmales Gesicht, seine tiefliegenden Augen, kaum mehr Haare auf dem Kopf. Dann hob sich sein Gesicht klar in die Erinnerung – Augenbrauen wie mit dem Lineal gezogen.

Weg ist er.

Jetzt ist er also weg. Für immer. Nun ist der ganze Mann auf ein gerastertes Zeitungsbild zusammengeschrumpft, und wenn man mit dem Finger etwas fester darüberfährt, färbt er ab. Und die Glatze? Die weiße Glatze? Mein Gott, warum haben sie nicht ein altes Paßfoto genommen! Diese schönen Haare, die er hatte, die an den Schläfen hinaufwuchsen, als wär die Stirn ein kalter, weißer Marmorfels.

Ich mußte rauchen. Ich ging ins Parterre zu unserem Kiosk. Lange war ich nicht dort gewesen. Zwei Sandler in Wollmützen und Wintermänteln standen vor mir an. Der eine verlangte sein Restgeld. Daß es keines gäbe, sagte die Verkäuferin, eine Fünfzigjährige mit violetten Haaren. Ich wurde ungeduldig. Wind blies mir ins Genick. Ich hatte über knapper Unterwäsche nur mein T-Shirt auf der Haut, das mir gerade an die Schenkel reichte, und barfuß in Hausschuhen war ich. Ich zitterte vor Ungeduld und Kälte. Es war Anfang April, sieben Grad zeigte das Thermometer an der Hauswand, der Himmel war gegen Norden wolkenverdeckt, die Bäume wie im November.

Ich mußte erst nachdenken, was meine letzte Zigarettensorte gewesen war. Ich wollte daran anschließen. Ich riß mit den Zähnen das Zellophan von der Packung. Ein Sandler gab mir Feuer. Ich sah, daß er eine Frau mit feuchten Augen war.

Ich lief in die Wohnung zurück. Vom Garderobenständer zerrte ich den Anorak meiner Tochter und legte ihn auf meine Knie. In den Knien macht sich mein Elend heimisch. Ich saß auf dem Sofa und wartete, bis das Gefühl von kalter Feuchtigkeit aus meinem Gesicht war, und rauchte weiter. Die Anorakärmel um die Knie gebunden, schlurfte ich zum Telephon, am Reden meiner Mutter merkte ich, daß sie auch eine Zigarette zwischen den Lippen hatte.

»Rauchst du wieder«, fragte ich sie.

»Stell dir vor«, sagte sie, »nach fünfzehn Jahren verleitet er mich, wieder anzufangen, und das in totem Zustand – ich meine, er ist tot. Das meine ich.«

»Ich weiß schon, was du meinst, Mama«, sagte ich. »Ein einflußreicher Mann.«

Ich hätte sie zu einem Spaziergang einladen sollen. Hinaus in die stöckelschuhruinierende Natur. Wir redeten, und dann brachten wir es nicht fertig aufzulegen. Wir hörten uns gegenseitig beim Rauchausblasen zu. Das Licht in der Wohnung hatte sich verändert, hell zitterte es an der Rauhfasertapete. Wo hatte ich eigentlich all die Aschenbecher verstaut? Ich streifte die Zigarette an dem

Schirmständer ab. Ich fragte meine Mutter, ob er verbrannt werden würde, sie fand die Vorstellung erbärmlich, Vasko Honca ein Häufchen Asche, das Foto sehe schon scheußlich genug aus.

Wenn Mama das Bügeleisen vergäße, würde ich den Rauch über ihrem Haus sehen. Wir besuchen uns kaum mehr. Wir telephonieren auch nicht miteinander. Da muß schon einer sterben. Wir sehen uns manchmal beim Einkaufen. Früher, als unsere Töchter noch in den Kindersitzen der Einkaufswagen saßen, haben wir wenigstens etwas zu lachen gewußt. Weil sie aussahen wie aus demselben Ei geschlagen. Wir lachten mit, wenn andere vorlachten. Ob das Zwillinge seien. Nein, keine Zwillinge. Die eine heißt Sonja und ist meine Halbschwester, die andere heißt Judy und ist meine Tochter. Früher sagte Judy, bei der Oma sei es gemütlicher als bei uns. Kunststück, die Oma besitzt Haus und Garten. Ich färbe ihr die Haare mit Henna, was eine Sauerei abgibt, ich flechte fünf Dutzend Zöpfe auf ihrem Kopf, ich nehme von den Schulabschlußphotos das größte und lasse es rahmen.

Bei uns kommt die Zeitung mit der Post, und die Post kommt erst, wenn ich bereits in der Bibliothek bin. Also lese ich die Zeitung mittags, und ich lese sie erst nach dem Essen.

Judy hatte Bratkartoffeln mit Apfelmus gemacht. Manchmal kocht sie, manchmal ich, seltener ich. Sie saß im Wohnzimmer, wandte mir den Rücken zu. Sie hat die Angewohnheit, beim Sitzen den Rücken krumm zu machen und die Schultern hochzuziehen. Ihre Schulterblätter drückten durch das T-Shirt. Sie saß über ihrer Mathematikhausaufgabe. Sie kann das am besten bei laufendem Fernseher ohne Ton. Warum sollte sie nicht, ich habe nichts dagegen. Sie ist eine erstklassige Schülerin. Sie räumt auch ihr Zimmer vorbildlich auf. Sie treibt sich nicht herum, und sie telephoniert nicht stundenlang. Ich kann Telephonieren nicht leiden. Wir haben winzige Rechnungen, der Apparat hängt im Gang an der Wand, er ist cremeweiß wie am ersten Tag. Im Fernsehen kam irgendeine Diskussionssendung. Am liebsten hätte ich meine Mutter unterbrochen und gesagt, ich muß schnell den Ton laut machen, weil ich es nicht aushalte, auf den Bildschirm zu schauen und nicht zu wissen, was geredet wird.

»Wie machen wir es?« fragte meine Mutter. »Meinst du, wir sollten auf seine Beerdigung gehen?«

»Ich werde auf alle Fälle zu seiner Beerdigung gehen«, sagte ich. »Und ich will, daß Judy mitgeht.«

»Ich passe dort nicht hin«, sagte sie.

Meine Mutter paßt überall hin und zu allen Anlässen. Ihre Erscheinung hat etwas Universelles. Sie gibt jedem Hund zu fressen, wenn sie sich nur an seinem Fell wärmen kann. Sie riecht gut. Sie riecht nach allem ein wenig. Sie ist klein und würde sich mit ihren Fünzig immer noch am liebsten einen Roßschwanz aufzurren. Und tut es bei Anlässen. Eine Körperhaltung hat die Frau wie bei der Übergabe eines Preises.

»Komplette Schwärze in der Garderobe«, sagte sie am Telephon, »könnte als Anmaßung ausgelegt werden. Was meinst du?«

»Die kennen uns doch gar nicht«, sagte ich und fügte zur präventiven Klarstellung hinzu: »Die Frau Britta und die Tochter Dani.«

»Du meinst, Vasko hat ihnen nie von uns erzählt?«

Zum ersten Mal war sein Name genannt. Das kalte Feuchte flog wieder über mein Gesicht.

»Ich schaffe es nicht, wieder mit dem Rauchen anzufangen«, sagte ich.

»Ich schlage vor«, sagte sie, »du gehst ganz in Schwarz, alles andere wäre bei dir ohnehin Verkleidung. Und ich mische etwas Helles darunter, oder etwas Halbhelles. Entweder Jacke hell und Rock dunkel oder umgekehrt. Schuhe auf alle

Fälle hell. Wenn die Witwe und ihr Kind auch nur eine Spur Sinn für Stil haben, werden sie als erstes auf unsere Schuhe schauen. Und schwarze Schuhe werden uns verraten ...«

»Was redest du für einen Unsinn, Mama«, sagte ich. »Was ist mit Sonja?« fragte ich gleich nach.

»Sie ist noch in der Schule«, sagte sie. Dann legte sie auf. Mitten im Wort. Wie eine Störung. Wenn ich sie zurückgerufen hätte, hätte sie gesagt: Da war eine Störung, so viele Störungen in letzter Zeit, ich weiß auch nicht ... – Meine Mutter liebt das Schöne, das Reiche, das Starke, Glückliche und Gesunde. Das Häßliche, das Arme, das Schwache verdreht sie und gibt ihnen die Namen ihres Gegenteils. Und der Tod wird für sie zu einer Frage der Garderobe. Und wenn das nicht mehr funktioniert, dann legt sie auf. Oder macht die Tür zu. Oder wickelt ihren Kopf in den Kragen ihres Morgenmantels. Oder nimmt eine Tablette. Oder fünfzehn Tabletten. Oder probiert es mit dem guten alten achtzigprozentigen Strohrum. Arme Mama, wollte ich sagen, und ich hätte es gern laut gesagt, aber ich tat es nicht. Denn Judy stand vor mir, und sie hätte es mißverstanden, sie hätte gedacht, ich rede von mir.

Meine Tochter Judy ist vierzehn Jahre alt, und ihr Gesicht ist herzförmig wie das meiner Mutter, aber nicht dämlich, und ihre Augen liegen tief, und ihre Augenbrauen schließen die Stirn in gerader Linie ab. Das gibt es in dieser Vollkommenheit sonst nur bei Marlon Brando.

»Wer ist gestorben?« fragte sie.

»Dein Vater«, sagte ich. Um jeden Preis habe ich etwas übrig für Schocks.

»Seit wann rauchst du?« fragte sie. Dann machte sie einen Satz, stieß einen krächzenden Seufzer aus und schloß sich im Badezimmer ein.

Unser Badezimmer hat kein Fenster und auch keinen Luftabzug. Über der Tür ist eine Milchglasscheibe, die hat Judy letzten Winter mit einem Skischuh eingeschmissen, seither ist der Spiegel nicht mehr so beschlagen, wenn sie ein Bad nimmt. Ich zog einen Stuhl aus der Küche und setzte mich vors Badezimmer.

»Was kommt im Fernsehen?« fragte ich.

»Über verdeckten Heroinkonsum in der Schweiz«, hörte ich sie aus dem Bad sagen.

»Was soll das sein?« fragte ich.

»Das weiß ich nicht«, sagte sie. »Es ist mir auch egal.«

»Mir ist es auch egal«, sagte ich. »Was machst du?«

»Ich sitze in der Wanne«, sagte sie.

»Ohne Wasser oder mit?«

»Ohne.«

»Laß ruhig Wasser einlaufen«, sagte ich. »Soviel du willst.«

»Ich will aber nicht«, sagte sie. »Du gehst mir auf die Nerven! Deine Scheißmänner gehen mir auf die Nerven!«

»Gut«, sagte ich, »warte einen Augenblick, ich ruf in der Bibliothek an.«

Ich sagte dem Herrn Loiprecht, gegen dessen Duzerei ich mich nicht zu wehren wußte, nun schon seit drei Jahren nicht, ich hätte verdorbenes Fleisch gegessen, oder vielleicht sei auch der Gelberübenkuchen verdorben gewesen oder die Eier im Gelberübenkuchen, schwindelig sei mir und gekotzt hätte ich, ich würde am Nachmittag zu Hause bleiben.

»Wieso kommst du auf Gelberübenkuchen?« fragte Judy. Ihre Stimme klang verweint.

»Warum redest du von Scheißmännern«, fragte ich zurück. »Das will ich besprochen haben. Dein Vater ist gestorben, das habe ich in der Zeitung gelesen.«

Sie kannte ihren Vater nicht. Sie hatte ihn nie gesehen. Ich habe ihr nie von ihm erzählt. Einmal hatte sie nach ihm gefragt. Da habe ich zu ihr gesagt: Ich weiß nicht, wer dein Vater ist, es waren so viele. Ich sah, wie sie weiß wurde und wie sich ihre Augenbrauen hoben, und konnte es nicht mehr zurücknehmen. Es war nicht einmal die Wahrheit. Und trotzdem redete ich weiter: »Du bist eben ein Bastard.«

Meine Mutter hat mich Bruna taufen lassen zum Andenken an Bruno, meinen Vater, der vor meiner Geburt verschwunden ist. Nie habe ich ihn gesehen, und trotzdem hat sie mich nicht in Ruhe gelassen mit ihm. Dein Mund ist groß, als wolltest du alles verschlingen, kleine Bruna, den hat er dir vererbt, was weiß ich von dir, nichts, wehe, du gehst fort, ohne mir zu sagen, wohin.

Judy und ich sind ein eingespielter Weiberhaushalt. Wenn eine von uns beiden beleidigt ist, dann sperrt sie sich ins Badezimmer ein. Die andere holt sich einen Stuhl aus der Küche und setzt sich davor hin. Dann wird entweder nicht geredet oder geredet. Nach einer Weile wird auf alle Fälle geredet. Daß sie die sensationellen Augenbrauen von ihm hat, sagte ich.

»Stört es irgend jemanden, daß du deinen Vater nicht kennst?«

»Die meisten kennen ihren Vater nicht. Es wimmelt von ledigen Kindern.«

»Das ist Angeberei«, sagte ich.

Meine Mutter hatte zu mir gesagt: »Bruna, mein Schatz, wenn sie es dich in der Schule spüren lassen, sag es mir sofort, wir lassen uns nichts gefallen.« Ich wußte, was sie hören wollte. Wie viele Männer hat deine Mutter, ist einer davon dein Vater? Ich erzählte ihr von solchen Fragen, abends, wenn sie auf dem Sofa saß und sich ihre Nägel feilte. Ich erfand ihr zuliebe neugierige Fragemäuler. Ich erfand ein Mädchen, das ausgelacht, ausgegrenzt, ausgeschlossen wurde und das Bruna hieß. Sie feilte erst mit rauher Fläche, dann mit feiner, und blies die weißen Stäubchen in die Luft.

»Jetzt weiß ich es«, sagte Judy aus dem Badezimmer heraus.

»Was weißt du?«

»Im Schweizer Programm läuft eine Reportage über unauffälligen Drogenkonsum. Es heißt unauffälliger Drogenkonsum, nicht verdeckter Heroinkonsum.«

»Du willst mir angst machen«, sagte ich. Ich setzte mich so, daß ich den Fernseher im Wohnzimmer sehen konnte. In dem perspektivisch verkürzten Bild sah ich einen Bankangestellten – sein Beruf war unten eingeblendet –, er zerhackte mit einer Rasierklinge auf einem Spiegel ein weißes Pulver.

»Es ist Heroin«, sagte ich. »Du hast recht.«

»Woher weißt du das?« fragte Judy.

»Weil es weiß ist und auf einem Spiegel zerhackt wird.«

»Das könnte auch Kokain sein«, sagte sie.

»Du willst mir angst machen«, sagte ich.

Der Bankangestellte ordnete das Pulver zu Linien, rollte eine Hundertfrankennote und zog sich das Pulver in die Nase.

»Was macht er mit dem Pulver?« fragte Judy.

»Er zieht es sich in die Nase«, sagte ich.

»Dann ist es Kokain«, sagte sie.

Der Kopf des Bankangestellten war in ein flammendes Farbraster aufgelöst.

»Willst du nicht herauskommen, Judy?« fragte ich.

»Noch nicht«, sagte sie. »Erzähl mir von ihm.«

»Du kannst sein Foto in der Zeitung anschauen, wenn du willst«, sagte ich. »Soll ich dir die Zeitung hineinwerfen? Aber ich sage dir gleich, so hat er nicht ausgesehen.«

»Wann?«

»Damals.«

»Als ihr mich gemacht habt.«

»Ja.«

Ich, wenn meine Fingernägel zu lang sind, kaue sie geschickt ab und kratze das Rauhe mit einem anderen Nagel glatt. Da fliegt kein Staub. Als ich meiner Mutter den achtzigprozentigen Strohrum aus den Händen gerissen hatte, ich war zwölf oder dreizehn – später an der Universität, als ich mit Judy in einer Känguruhtasche aus beigem Kord die Vorlesungen besuchte, habe ich vor Freunden manchmal mit meiner völlig verkommenen Mutter angegeben, da hatte ich erzählt, ich sei damals erst zwölf oder gar erst elf gewesen, in Wahrheit war ich dreizehn – als ich ihr die Flasche aus der Hand gewunden und ihr das Leben gerettet hatte, denn diese dampfwalzenhaft leidenschaftliche, dämliche Person konnte sich den Tod ja gar nicht vorstellen, bis heute kann sie es nicht, da hatte sie am nächsten Tag, als sie die Tassen in ihrem Oberstübchen wieder eingeräumt und abgezählt hatte, zu mir gesagt: »Bruna, mein Schatz«, nie, nie, nie werde ich zu meiner Tochter ›Judy, mein Schatz‹ sagen, »du darfst dir etwas von deiner Mama wünschen. Du hast ihr das Leben gerettet, deiner Mama, und darum wird sie dir einen Wunsch erfüllen.« Und ich sagte: »Ich möchte einen Vater.« Das hat meinen linken Studienkollegen und Studienkolleginnen immer die Augen feucht gemacht, wenn ich das erzählt habe. Die Männer hatten Mitleid mit mir, die Frauen mit meiner Mutter. Ich weiß nicht, warum das so war. Aber nie war es anders. Sie haben nasse Augen bekommen, und ich habe es dabei belassen. Ich habe nichts klargestellt.

Klarzustellen wäre gewesen: Schon mit dreizehn hatte ich meiner Mutter gegenüber Gefühle wie zu einer etwas bescheuerten jüngeren Schwester. Sie war auch oft bekifft damals. Betrunken selten. Aber eingeraucht. Und dieser Satz, daß ich mir einen Vater wünsche, den habe ich nur gesagt, weil ich wußte, wie sie darauf reagieren würde, und weil ich es in ihrem Gesicht sehen wollte, zwischen Augen und Nase und Mund, die sie so eindeutig als Zeichenträger einzusetzen verstand. Daß ihr nämlich die Tränen gerade aus den Augen schießen, aus diesen Augen, die jeder Mann in ihrer Firma, wie sie sagte, jeder Mann, der halbwegs seine Tassen im Schrank hatte, geil finde. Sicher, nicht nur böser Voyeurismus war es, ich wußte doch Bescheid über die Nerven dieses Frauenzimmers. Sie hatte sich umbringen wollen, das mußte ja ernst genommen werden. Auch wenn sie sich den Selbstmord als eine durchaus vorübergehende Sache vorstellte – Frau kippt malerisch aus den Schuhen, liegt filmgerecht auf dem Eisbärfell, wird beweint, betrauert und so weiter und steht dann wieder auf und macht weiter –, mir, der Kleinen, war die Sache eisklar: Sie wird es wieder tun, und zwar noch in derselben Nacht, und ich stehe dann da, allein wie eine abgelegte Windel und werde in ein Heim geschmissen. Ich wußte nur eines, ich muß meine Mutter wieder auf die gesündere Seite des Zauns bringen. Und das konnte nur mit Sentimentalität gelingen. Sie ist und war und wird wohl immer sein ein Kinofreak, im Grunde völlig verdorben fürs Leben, vom Leinwandschmalz verklebt. Wenn Leute im Fernsehen unter den traurigsten Umständen ins Gras beißen, dann erhebt sie das, dann ist sie hinterher bester Laune, dann bläht sie sich vor Schönheit, Gesundheit und wohligem inneren Reichtum. Und wenn ihr dreizehnjähriges Töchterchen Bruna vor ihr steht, die Rumflasche mit dem Achtzigprozentigen in der Hand, verweinte Augen, oder auch nicht verweinte Augen, dann ist das ja eigentlich ein Film. Und wenn sich die Kleine dann auch noch nach einem Vater sehnt – ja, dann, dann hat das Leben wieder einen Sinn, dann dürfen die Tränen fließen. Und das taten sie, und hinterher fühlte sich meine Mutter »pfundig«.

»Was sagen sie in der Schule?« fragte sie.

»Was meinst du?« sagte ich.

»Über deine Mutter, kleine Bruna, kleiner Schatz, über mich, deine pfundige Mutter. Was sagen sie über mich?«

»Daß du Männer hast«, log ich. Ihre Augen blitzten begeistert.

»Daß ich wie viele Männer habe?« fragte sie. »Was hast du darauf geantwortet?«

»Immer nur einen, Mama.«

»Einen?« rief sie ins Wohnzimmer hinein. »Keinen!«

Das Unglück war aktuell. Momentan wohnte kein Mann bei uns.

»Du bist eine dumme, blöde Gans«, schrie sie mich an. »Ich bin blamiert! Man wird denken, ich sei eine vertrocknete, langweilige Frau. Das bin ich aber nicht! Es ist schön, mit mir zusammenzusein! Wenn eine wie ich, die mit keinem zusammenlebt, sagt, sie hat nur einen, dann weiß jeder, daß sie in Wahrheit keinen hat!«

»Aber du hast doch zur Zeit keinen«, sagte ich.

Sie fluchte gegen mich und redete nichts mehr. Am Abend auch nicht. Und ließ mich einschlafen ohne ein Wort von ihr. Und ließ mich Angst haben, daß sie wieder irgendeinen Blödsinn machte. In der Nacht bin ich aufgestanden und habe an ihrer Tür gehorcht. Irgendwann dachte ich, soll sie doch. Dann war mir wohler. Ich wachte noch drei-, viermal auf, dachte, sie ist tot, soll sie es sein. Am nächsten Tag saß sie auf der Treppe, ich blieb eine Stufe unter ihr stehen und schmiegte meine Knie an ihre Knie. Sie rieb sich die Schminktränen aus dem Gesicht.

»Was hast du denn, Mama?« fragte ich.

»Hörst du nicht im Radio, sie spielen ›La Paloma‹. Sei immer mein Kind.«

»Das bin ich auch noch mit hundert, Mama.«

Nachts höre sie Aborigines vor dem Schlafzimmerfenster blasen.

»Was hörst du, Mama?«

»Man ruft mich.«

»Was, Mama? Wer ruft dich, Mama? Du machst mir angst, Mama.«

»Sie rufen mich, Brunaschatz. Hörst du sie nicht?«

Sie rollte die Augen und nickte vor sich ins Leere. Und schnaufte tief.

Ich blieb unbeeindruckt, spielte aber die Beeindruckte. »Mein Gott, Mama! Was ist, Mama? Schau mich an, Mama! Sprich mit mir, Mama! Bitte, Mama! Bitte, bitte!«

Sie rollte, nickte, starrte, schnaufte. Ich wußte, sie wollte mir die dämonisch Unberechenbare, die Hexe vorspielen, die Auserwählte. Meine Mutter kann nicht spielen. Wie auch. Das ganze Leben ist ohnehin Kino für sie.

Aus Schadenfreude, Gehässigkeit, später aus Gewohnheit erkundigten sich Lehrer und Mitschüler nach meinem Vater. Was für einen Beruf er habe und ob überhaupt einen. Und Geld? Und eine gute Figur? Was für Haare? Ob er ein wilder Hund sei. Ich machte mir einen öffentlichen Spaß und verwirrte die Frager, ließ ihn in Südamerika auf Plantagen arbeiten, ließ ihn grausam sein zu seinen Feinden, aus einer Laune heraus ertrank er mir bei einem Erdbeben an der nordamerikanischen Westküste.

Weg war er. Ich muß meine Mama gut herausstreichen, dachte ich, muß mit Zähnen und Klauen verteidigen, ihr Haar sei naturblond. Image schützt sie und braucht sie. Ich wußte zu unterscheiden zwischen einem guten Ruf und einem interessanten Image, und ich wußte, daß meiner Mutter an einem interessanten Image mehr lag als am besten Leumund.

Ich nahm ihre Zuchtperlen aus ihrer schwarzen Holzschatulle – von der sie übrigens behauptet, sie habe sie einst als junges Ding von einem Afrikaner namens Aki geschenkt bekommen, eine Figur wie ein gebrannter Gekreuzigter –, ich breitete den Halsschmuck in der Schule über meine Bank und behauptete, er sei meines Vaters letztes Andenken an mich, mich, seinen Traum, ein letzter weißer, runder, harter Gruß, bevor er in Ausübung seines abenteuerlichen Lebens von einer kalifornischen Erdspalte verschluckt worden sei.

Das aber bedeute mir rein gar nichts, ich sei, so

prahlte ich vor der gaffenden Klasse, sozusagen immun gegen Perlen und auch immun gegen Väter. Und in einem Anfall von Identifikation mit meiner Mutter, die wann und wo auch immer von zwei Achteln Rotwein in Weltliebe gebracht, Haus, Hof, Tochter und Bares hergeben würde, schenkte ich die Perlen in einem verächtlichen Querwischer meiner Banknachbarin Annemarie, einem hochgeschossenen, scharfnasigen Mädchen, das vier Brüder und drei Schwestern hatte, einen Tischler als Papa, der sich in seinem Hobby über die Wunder der Quantenwelt informierte und auch schon Vorträge in der Schule gehalten hatte, und eine Mama, die berühmt war für ihr Zopfbrot, das sie anscheinend aus Schweineschmalz zubereitete, Genaues verrate die Wunderbäckerin ihrer Tochter erst bei deren Volljährigkeit...

»Bist du eingeschlafen, Mama?« fragte Judy aus dem Badezimmer heraus.

»Nein«, sagte ich. »Ich sitze nur so da.«

»Denkst du nach?«

»Nein«, sagte ich. »Ich sitze nur.«

»Ich finde, daß du sehr gut aussiehst, Mama.«

»Das brauchst du nicht zu finden.«

»Das finden viele, Mama.«

»Ja, ja.«

»Ich weiß, daß es viele finden, Mama.«

»So?«

»Ich weiß es, Mama.«

»Hör zu, Judy, wer auch immer findet, daß ich gut aussehe, er muß mir auch gefallen, nicht nur dir. Das wäre mehr als einseitig ...«

»Aber es nützt dir nicht viel«, unterbrach sie mich, als hätte ich gar nichts gesagt. »Du hast trotzdem keinen Mann.«

Draußen war April, und ich wußte nicht, was ich weiter dazu sagen sollte. Es duftete durch das Fenster herein, ein Vorversprechen auf den Sommer, und ich hatte das Fenster doch nur ein klein wenig schräg gestellt. Den Vorhängen sah ich an, daß sie nach Staub rochen.

»Wir müssen die Wohnung putzen, Judy«, sagte ich. »Ich fang nicht mehr mit dem Rauchen an, ich versprechs dir.«

»Ich werde nicht zu seiner Beerdigung gehen«, sagte sie. »Ein Bastard geht nicht zur Beerdigung seines Vaters.« Meiner lebt vielleicht noch, dachte ich. Du hast es besser, Tochter. Aus deinem kann nichts Schlimmeres mehr werden als das, was war. Ab einer gewissen Zeit traute ich mich nicht mehr, nach meinem Vater zu fragen. Ich weiß auch, warum ich mich nicht mehr traute. Weil ich ahnte, ich würde eine Antwort bekommen. Weil ich fürchtete, meine Mutter würde mich zwischen ihre ampelroten Fingernägel klemmen und hinauszerren in die Nachbarschaft und in Richtung Gartenschürzen und gewachste Karosserien deuten und sagen: der dort.

Als ich so alt war wie du, Judy, laß dir beichten, da kam eines Tages einer, der war klein und kümmerlich, hatte eine eingefallene Brust und Augenbrauen wie Eisenspäne, aber Witz hatte er, und es stellte sich sehr bald schon heraus, daß er mich leiden konnte. Den hätte ich gern zum Vater gehabt, hundertprozentig den. Der erste, stell dir vor, Judy, war der beste! Er hat mich gleich so angesehen, daß ich wußte, bei ihm kann ich nichts verkehrt machen.

»Er sagte: »Wieso ist das mit den Hosen so bei dir?« Er meinte die Hosentaschen, die waren bei mir senkrecht und bei ihm waagerecht.

»Das ist halt so bei mir«, sagte ich.

»Aber es sieht doch besser aus bei mir«, sagte er.

»Aber niemals«, sagte ich.

»Aber ganz sicher«, sagte er.

Ich hätte mich umfallen lassen können vor Lachen. Er war so komisch und so gutmütig, stellte sich vor den günstigen Spiegel in der Garderobe.

»Nein«, sagte er, »schau her, Bruna, schau doch her! Wenn du dich bückst, dann geht deine Hosentasche auf und womöglich fällt deine Geldbörse heraus. Wenn ich mich bücke, dann verschließt sich meine Tasche sogar. Gibst du das zu?«

So hat er geredet, da war er noch keine halbe Stunde in unserem Haus. Er hatte eine leitende Stelle in der Agrarbezirksbehörde und Angst vor Ronald Reagan. Daß dieser Präsident mit seiner wuchtigen Tochter zerstritten sei, denn es bleibe ihm nichts anderes übrig, als seiner Frau Nancy zu helfen, und die hasse ihre Tochter von Geburt an, weil sie sich als Embryo angeblich innen in ihrem Bauch an sie geklammert hätte, sie habe sich nämlich vor der Welt gefürchtet, in der ihr Vater eines Tages Präsident werden würde, man habe sie regelrecht herausreißen müssen aus dem Mutterleib, an den Fingernägelchen habe blutige Innenbauchhaut ihrer Mutter gehangen, und dafür sei diese Tochter ein Leben lang gehaßt worden, von der Mutter und vom Vater auch, und der lasse es jetzt an der ganzen Welt aus. Das erzählte dieser Freund und Mieter meiner Mutter, der mit den schütteren Haaren, in seiner ersten halben Stunde in unserem Haus. Nickte dabei und wiegte seinen mageren Oberkörper, als verkünde er biblische

Geheimnisse. Die Augen schwammen mir vor Lachen, und ich dachte, jetzt beginnt ein wunderbares Leben. Er aß mürbe Kekse, trank Tee, verschüttete Tee, verkrümelte Kekse. Er werde am Abend einziehen, sagte er.

»Willst du, daß er bleibt?« fragte ich Mama, als er zur Tür hinaus war.

»Willst du, daß er bleibt?« fragte sie zurück.

»Ich will, Mama, ich will«, rief ich, denn ich wollte wirklich, Judy.

»Aber Bruna, vielleicht gibt es Bessere!« kokettierte sie.

»Vielleicht will *er* nicht«, sagte ich.

»Er ist mir verfallen«, sagte sie, »jetzt schon.«

»Rede nicht so vor mir«, sagte ich zu ihr. »Und verzieh den Mund nicht so!«

»Wie verzieh ich den Mund denn?« fragte sie und lief mit eingefrorener Miene zum Garderobenspiegel. »Meinst du so? Ich finde das gut. Ich finde, es sieht aus, als ob ich ein Geheimnis hätte.«

»Aber du hast kein Geheimnis, Mama«, sagte ich.

»Niemand hat ein Geheimnis«, sagte sie, »aber manche sehen geheimnisvoll aus. Mehr braucht es ja nicht. Und das läßt sich machen.«

Sein Name war Heribert. Bereits nach wenigen

Tagen begann er, mir einen Schreibtisch aus Birnenholz zu zimmern. Wir nannten ihn Bert. Das sei die logische Abkürzung, sagte Mama. Ich dachte dabei an einen mit Stroh gefüllten Tiger. Er hatte den Instinkt des von klein an Verspotteten. Seine Feinde vernichtete er, indem er sie zum Lachen brachte. War er wirklich Mamas Liebhaber? Oder war er doch nur ein Untermieter mit Familienanschluß? Wenn er außer Haus war, machte Mama seine Langarmigkeit nach und ich seinen Hundeblick.

Er wußte alles. »Habe ich lange Arme? Schau ich wie ein Hund?«

Mama zwirbelte mit ihrem Zeigefinger seine Rückenhaare, wenn er ohne Hemd vor dem Fernseher auf dem Sofa lag. Und log. »Du bist athletisch, wenn du so auf dem Bauch liegst. Man kommt zur Tür herein und denkt sich, sapperlot.«

»Ich weiß, wie ich mich anfühle«, sagte er. »Das Stroh wächst mir aus dem Rücken. Solche wie ich werden alt und rachsüchtig. Wir haben jeder einen privaten KGB in uns. Juri Andropow ist mein Vorbild, kalt wie die sibirische Erde in einem Meter Tiefe, er wird Reagan besiegen. Er ist wie ich. Ich wette, auch er hat Draht auf dem Rücken.«

Mama gefiel seine Hakennase. Zeigen wollte sie sich mit ihm nicht.

»Sie ist verwahrlost«, sagte er zu mir, als ich mit ihm allein war. »Aber das ändert nichts an ihren Qualitäten.«

»Neue Hosen solltest du dir kaufen«, sagte ich.

»Hör zu, Bruna«, sagte er, da war es uns beiden nicht mehr zum Lachen. »Ich schreibe dir hier eine Telephonnummer auf, dort kannst du mich erreichen.«

»Aber warum«, sagte ich, »du wohnst doch hier.«

»Sie muß es auch wollen«, sagte er, »nicht nur du. Das wäre mehr als einseitig.«

Blaue Hosen kauften wir, weiche blaue mit senkrechten Taschen. Mama wollte ihn nicht. Nach zwei Monaten lachte sie nicht mehr über ihn und redete nicht mehr mit ihm. Da ging er. Sie hatte ihn aus unserem Haus hinausignoriert.

Ein Mann rief an, ich gab Mama den Hörer, sie sagte: »Wenn es unbedingt sein muß«, versprechen könne sie nichts, aber eventuell lasse es sich einrichten, und rannte gleich vor den Garderobenspiegel, um sich zu schmücken.

»Was läßt sich einrichten, Mama?« fragte ich.

»Er will mieten«, sagte sie.

Er war der nächste, Judy. Mama nannte ihn Mendel. Sie bürstete ihre Haare und umrahmte die

Augen. Seit Bert war ein Monat vergangen. Nun habe sie den Dreh heraus. Sagte sie. Halb geschlossen die Lider, leicht geöffnet der Mund.

»Ja, Mama«, sagte ich.

»Ein Mann für mich ist ein Vater für dich«, das war ihr Slogan.

Ein großer Mann in Hut und Mantel stand vor der Tür. Rotfleckig die Stirn. Er legte ab und setzte sich in der Küche neben mich. Sein Pullover roch verschwitzt. Synthetik. Er aß mit uns, zerstampfte mit der Gabel die heißen Pellkartoffeln, schnitt Käsescheibchen darüber, würzte mit Salz und vermengte das ganze mit breiten Schmierbewegungen, wie man es bei Säuglingen macht.

»Für mich«, sagte er kauend, »kommt nur noch pazifistischer Umgang in Frage.«

Seine Zähne waren falsch, sie standen weiß und regelmäßig in seinem Mund. Wie nicht gebrauchtes Werkzeug in einem alten Laden.

»Für mich«, sagte er, »ist der Friede wichtig. Für Sie?«

»Klar«, sagte Mama.

Er liebe bescheidenes Essen. Und hasse unnotwendige Verschwendung.

»Gibt es notwendige Verschwendung?« fragte ich. Bekam dafür einen Giftblick.

»Hat sie sich schon bei dir erkundigt, was du

von ihm hältst?« fragte Bert am Abend am Telephon. Ich rief ihn regelmäßig an.

»Nein«, sagte ich, »bisher hat sie sich noch nicht erkundigt.«

»Sie wird seine Zuverlässigkeit schätzen«, sagte er. »Daß er weiß, was er will.«

»Aber das hast du doch auch gewußt, Bert.«

»Nein«, sagte er, »ich wußte, was ich nicht will. Warte ab, Bruna, bis etwas geschieht, was außergewöhnlich ist, dann schickt sie ihn fort.«

Der zuverlässige Mendel wurde krank, fieberte bis über vierzig Grad und schwitzte Mamas Matratze durch. Ich dachte, das sei bereits das Außergewöhnliche. Von Beruf war er Zeichenlehrer. Meine Mutter telephonierte mit seiner Schule und entschuldigte ihn, sein Fernbleiben sei wegen asiatischer Grippe. Und zu mir sagte sie: »Bei Schülern sagt man Fehlen, bei Lehrern sagt man Fernbleiben.«

Mama schlief im Gästezimmer. Sie füllte zwei Thermoskannen mit Tee, bevor sie zur Arbeit ging. Die schwitzte der Zuverlässige in die Matratze hinein. Ich verbrachte den Tag bei Annemarie. »Wir haben ein krankes Tier zu Hause«, sagte ich. Nach einer Woche stolzierte er wieder im Wohnzimmer herum.

»Bist du froh, daß endlich ein Mann im Haus

ist?« Er hatte meinen Namen vergessen. Er spreizte sich vor einer meiner Kinderzeichnungen, die Mama in schweren Sperrmüllrahmen an die Wand zu hängen pflegte, einem Selbstporträt in roten Wasserfarben, es zeigte mich mit abgezählten zweiunddreißig Deckweißzähnen.

»Was hast du dir dabei gedacht?« fragte er. »Weißt du, man sollte beim Malen eine bestimmte Vorstellung haben, Kind.«

»Ich heiße Bruna«, sagte ich. »Nach meinem Vater, der wahrscheinlich Bruno hieß.«

»Wahrscheinlich?«

»Es seien so viele gewesen, sagt Mama.«

Am Abend wurde eine neue Federkernmatratze geliefert. Die lehnte dann ziemlich lange bei uns im Gang. Mama schlief im Wohnzimmer auf dem Sofa. Ich hatte von den Nachbarn den Handwagen auszuborgen, die verschwitzte Matratze draufzulegen und sie beim Bauhof abzugeben. Ich schämte mich wie ein roter Hund, Judy. Mendel steckte mir einen Hunderter zu.

»Für dich, Kind, ich weiß, wie du heißt.«

»Er hat einen Mund wie ein Kleiderbügel«, sagte ich zu Bert am Telephon. »Wenn ich an deinem Schreibtisch aus Birnenholz sitze, kommt mir das Schicksal vor wie eine Schlange, die mich gebissen hat.«

»Ein etwas frühreifer Vergleich«, sagte Bert.

»Er steht auf der Treppe und dirigiert zu Wagners Rienzi«, sagte ich.

»Und Mama?« fragte Bert.

»Sitzt zwei Stufen unter ihm und applaudiert.«

»Und wenn er nicht dirigiert«, fragte Bert.

»Herrscht Stille im Haus wie im Inneren eines Steines.«

Dann wurde der zuverlässige Mendel von der Rettung abgeholt. Er hatte einen Spiegel zertrümmert und sich dabei beide Oberarme auf der Innenseite aufgeschnitten. Grund des Streits war ein Kindergummiball, den er auf dem Samstagsflohmarkt gekauft hatte.

»Ein Kuriosum aus der Nazizeit«, hatte er stolz verkündet, »hat hundert Schilling gekostet.«

Auf dem roten Ball war ein weißer Kreis, in den ein schwarzes Hakenkreuz gemalt war. Mama nahm den Ball, stopfte ihn unter zwei Tage alte Bioabfälle und vergrub ihn im Komposthaufen.

»Wo ist mein Ball?« brüllte Mendel.

Sie ließ ihn auf dem Boden kriechen und unter den Möbelstücken suchen. Dann sagte sie: »Soll ich dir mit Hilfe von Temperaturangaben Tips geben?«

»Du wirst sehen«, sagte Bert am Telephon,

»das ist das Außergewöhnliche. Jetzt schickt sie ihn fort.«

Mendel erkannte sein zorniges Gesicht im Spiegel und zertrümmerte es mit der Kehrrichtschaufel. Die Welt der Dinge verneigte sich für den Augenblick vor meinen Wünschen, gleich zwei große Splitter fuhren ihm in die Schlagadern. Weg war er. Abgeholt von der Rettung, meine ich.

»Siehst du«, sagte Bert am Telephon. Er hatte an diesem Tag in seinem Amt frei genommen, nur um jederzeit ungestört für mich telephonisch da zu sein.

Mama zog mich in dieser Nacht auf ihren Schoß und sagte: »Wenn du die Augen zumachst, Bruna, erzähle ich dir von deinem verschollenen Vater. Aber du darfst mich nicht unterbrechen.«

»Ich glaube nicht, daß er verschollen ist«, sagte ich.

»Wir werden einen erwischen«, sagte sie, »der paßt. Ich weiß, was gut für dich ist.«

»Er muß dir auch gefallen«, sagte ich, »sonst ist es mehr als einseitig.«

Sie fing an zu erfinden. »Dein Vater begann seine Karriere in einem zerrissenen Unterhemd. Er brachte die Frauen zum Weinen.« Dann genehmigte sie sich zwei Schluck Orangenlikör.

Unser Haus hat keine Bestimmung. Diesen Satz

liebte sie. Was er bedeutet, wissen wir beide nicht, es ist ein Filmzitat. Das Haus, Judy, erbte sie angeblich von einer Dame, bei der sie als Neunzehnjährige zur Untermiete wohnte. Sie pflegte die Frau, nachdem diese das Gedächtnis verloren hatte. Sie hatte die Angewohnheit, mit Mamas Zahnbürste die Fugen im Bad zu reinigen. Mehr weiß ich nicht. Lauter Fetzen warf sie mir hin, und ich sollte damit für alle Zeit bekleidet sein.

Im Herrenzimmer hing über Mendels Bett ein Säbel, den hatte er vergessen. Ich trug ihn später abwechselnd mit meiner Mutter im Fasching.

»Wir könnten als Amazonen gehen«, sagte Mama. »Die haben Säbel und keine Männer.«

»Vielleicht keine Männer«, sagte ich. »Aber Väter haben sie. Einen Vater hat jeder.«

»Willst du das Bild deines Vaters sehen«, fragte ich durch die kaputte Scheibe ins Badezimmer hinein.

»Ja«, sagte Judy.

»Die ganze Todesanzeige, oder soll ich dir das Bild ausschneiden?«

Nach einer Weile sagte sie: »Ausschneiden, bitte. In meiner Schultasche vorne ist eine Papierschere.«

Ich ging in Judys Zimmer, das so aufgeräumt und sauber und an den richtigen Stellen farbenfroh ist, Fenster nach Osten, mein strenges Morgenkind, nahm die Schere aus ihrer Schultasche, die so aufgeräumt und sauber mit den korrekten Aufklebern beklebt ist, und befreite ihren Vater aus der tödlichen Umarmung seiner Familie. Ich stellte mich auf den Stuhl und ließ das Fetzchen Papier ins Badezimmer flattern.

»Was machen wir jetzt«, fragte sie.

»Ruhen wir uns aus«, sagte ich. »Willst du ein Kissen, Judy? Soll ich dir eins hineinwerfen?«

»Ich habe mir die Dreckwäsche in die Wanne gekippt«, sagte sie. »Das ist gemütlich.«

Es gab eine Zeit, Judy, da war es für deine Großmutter zum Auswachsen, so sagte sie dazu, alles ging schief, die Waschmaschine schleuderte nicht mehr, der Heizofen sprühte Funken. Ein Handwerker schimpfte, sie sei zu blöd, um einzuheizen. Ich klammerte mich fest an mein Kissen und gab ihm ins Kissen hinein recht. Die Prophezeiung vom großen Glück hatte sich nicht erfüllt. Mama hatte in der Nacht von einer prächtig üppigen Kuh geträumt, die an ihr Bett getreten sei und sich die Stirn habe streicheln lassen. »Zwischen den Hörnern hatte sie eine krause Frisur«, schwärmte sie, »wie mit feinen Lockenwicklern gedreht.« Träume von gutgenährten Kühen seien günstig, sagte sie. Günstig war eines ihrer Lieblingswörter. Und dieses Wort mochte ich sogar. Wenn sie »günstig« sagte, war es, als drücke sie bei mir innen auf einen Knopf und ein Gefühl würde eingeschaltet, das besagte: Wir beide stehen zusammen. Fürs Glück ist günstig kein Wort. Sie stand an der Wand, meine Mama.

»Wir können doch gemeinsam füreinander sorgen«, sagte ich.

»Ich muß für dich sorgen«, lamentierte sie. »Ich! Das ist meine Aufgabe, du vorlautes Balg!«

»Um mich muß sich niemand sorgen«, habe ich sie angepfiffen. »Du schon gar nicht!«

»Schreib einer Mutter nicht vor, wie sie sich nicht sorgen soll«, sagte sie und hatte Tränen des Selbstmitleids in den Augen. Allein das Wort »Mutter« brachte sie in diesen Tagen zum Heulen.

»Wir reden nicht mehr miteinander«, sagte ich zu Bert am Telephon, »wir streiten nur.«

»Besuch mich im Amt«, sagte er. »Da laß ich uns einen Kaffee und einen Apfelstrudel holen.«

»Wie geht es Ronald Reagan?« fragte ich.

»Heute fällt mir kein Spaß ein«, sagte er.

Die Lösung für unsere Misere glaubte Mama schließlich in Herrn Reginald gefunden zu haben, einem Rentner, den sie im Nachtzug kennengelernt hatte.

»Bruna«, sagte Mama, »stell dich auf etwas Ernstes ein.«

»Was heißt das?«

»Der Mann hat einen guten Eindruck auf mich gemacht.«

»Was heißt das, Mama, um Himmels willen!«

»Ich will nicht mehr egoistisch sein«, sagte sie. »Ich denke jetzt nur noch an dich.«

Im Gespräch, so erzählte sie mit spitzem, vernünftigem Mund unter hochgezogenen Brauen, im Gespräch habe sich herausgestellt, daß dieser Herr gerne umziehen würde, er wohne nämlich seit dem Tod seiner Frau bei seiner Schwester, und das sei eine Heimsuchung, er werde bis aufs Hemd kontrolliert. »Das ist ekelhaft«, sagte ich.

»Das ist menschlich«, sagte Mama.

Am nächsten Morgen läutete er an unserer Tür. Es war Samstag und erst kurz nach sieben. Ich öffnete im Schlafanzug. Da stand er, zusammengesetzt aus einem grasgrünen Sakko mit gelbem Faden und wackligen Jeans.

»Ich bin der, vor dem dich deine Mama sicher schon gewarnt hat«, sagte er. »Reginald, der mit allem zufrieden ist.«

Er zog die Schuhe aus und ging in Socken vor mir die Treppe hinauf, die Zehen vor Verlegenheit zusammengekrümmt.

»Bruna«, rief Mama, »führe den Herrn doch bitte ins Herrenzimmer, ja!«

Gestern war im Herrenzimmer von uns beiden geputzt worden, und alles Metall glänzte und reflektierte, der Bettrahmen, der Säbel an der Wand, das Messinggitter vor der Heizung, und die Morgensonne schien auf den Parkettboden.

Herr Reginald schlug mit der Faust auf die Matratze und sagte: »Genial!« Er trat ans Fenster und besah sich den Garten. »Genial«, sagte er wieder, »ein Gravensteiner, ein Rosenbeet und diese Ruhe!«

Reginalds Beziehung zu Mama war rein geschäftlicher Art. Zu ihm schlich sie nicht in der Nacht. Er zahlte mehr an Miete, als von ihm verlangt wurde. Geld spiele für ihn keine Rolle mehr, lang genug habe er auf Preisschilder gestarrt.

»Wenn er mir einen Antrag macht, werde ich ihn heiraten«, sagte sie.

»Wenn er ihr einen Antrag macht, wird sie ihn heiraten«, sagte ich zu Bert am Telephon. »Das halte ich nicht aus! Komm zu uns und mach ein Theater!«

»Das kann ich nicht«, sagte Bert.

Herr Reginald kaufte ein. Von Anfang an tat er das mit Selbstverständlichkeit. Schob die Sachen im Einkaufswagen des Supermarktes zu unserem

Haus, schon von weitem hörten wir das Rattern. Der Mann mit dem Totenkarren. Dann trug er die Sachen in die Küche und brachte den Wagen zurück.

Herr Reginald bügelte. Im Herrenzimmer stand sein versengtes Bügelbrett, auf dem er mit größter Vorsicht seine Jeanshemden und seine zwei Sakkos dämpfte. Das stank undefinierbar, irgendwie elektrisch, einfach fürchterlich, nach Tod, nach erhitztem Schweiß, gleich steckte sich meine Mutter eine Marlboro an.

»Ein Herrenzimmer hast du erfunden«, sagte ich. »Ich will keinen Vater.«

»So«, sagte sie nur.

Er sammelte. Im Herrenzimmer auf dem Tisch hatte er eine Flasche mit Fensterputzmittel stehen. Er tränkte einen Lappen damit und reinigte seine neuerworbenen Stücke. Es handelte sich um eine Schweizer Sammleridee. Rahmdeckeli. Er besaß eine Reihe von Alben. Einmal im Monat traf er sich im Herrenzimmer mit Sammlerkollegen zum Objekttausch. Es war ein Geschleiche.

Mama aß viel Süßes zu dieser Zeit. Sie aß aus einer Dose mit der Aufschrift Sweet Little Lovemaker. Das waren schokoladenüberzogene Fruchtstengel. Außerdem hatte sie wieder angefangen, Haschisch zu rauchen.

»Mir macht das nichts«, sagte sie. »Es ist gut gegen den Geruch deines Ersatzvaters.«

»Ich wünschte, ich wäre niemandes Kind«, sagte ich. Mit Bert hatte ich schon lange nicht mehr telephoniert.

»Gut«, sagte sie.

Und bald darauf sagte Herr Reginald: »Ich habe begriffen.«

Reginald hatte traurig begreifen müssen und war in Strümpfen in sein Zimmer geschlichen. Das war seine letzte Nacht. Er dürfte am darauffolgenden Tag wohl sehr früh fortgegangen sein. Wir schliefen beide noch und haben nichts gehört. Im Herrenzimmer lagen seine drei Rahmdeckelialben mit einem Zettel daneben.

»Die Alben schenke ich Bruna, in ein paar Jahren kann damit ein hoher Wert erzielt werden. Bei Veräußerung soll sie sich an Herrn Kuster in Bern (genaue Adressel liegt bei) wenden. Er ist redlich an den Objekten interessiert. Euer Reginald, der nicht weiß, warum.«

»Von nun an will ich das Wort Vater aus deinem Mund nicht mehr hören«, sagte Mama. Und sie hat das Wort aus meinem Mund auch nicht mehr gehört, Judy.

Wir waren wieder allein. Mama war jeden Abend eingeraucht. Sie aß unser altes Brot weg. Das war das einzig Günstige an unserer Situation. Und Wasser trank sie, drei Liter am Tag. Das Haschisch brachte ihr eine Freundin. Die kannte ich von der Straße und vom Supermarkt. Sie sah mich immer so an, als gehörten wir beide zum selben Club.

»Du verblödest«, sagte ich zu Mama.

»Nein«, sagte sie.

»Doch«, sagte ich.

»Nein«, sagte sie.

»Nein«, sagte ich, »du hast recht, blöder, als du eh schon bist, kannst du nicht mehr werden.«

»Nein«, sagte sie, »das ist nicht wahr. Warum quälst du mich, Bruna?« Wenn sie eingeraucht war, zupfte sie in einem fort an ihren Kleidern herum. Es schien ihr dann nichts mehr zu passen.

»Ich quäle dich nicht«, sagte ich, »ich will, daß du normal wirst.«

»Es schadet nicht«, sagte sie. »Weißt du, Haschisch wird sogar in manchen Fällen gegen Asthma eingesetzt. Da kannst du jeden Arzt fragen. Ruf an. Ruf den Dr. Waibel an. Wenn er ehrlich ist, wird er dir das bestätigen. Ruf ihn an! 2493.«

»Wenn du dich einrauchst, rauch ich mich auch ein«, sagte ich.

»Meinetwegen«, sagte sie.

»Ich bin erst vierzehn«, brüllte ich sie an. »Du darfst nicht zulassen, daß dein Kind Haschisch raucht! Kapierst du das denn nicht!«

»Was kann ich denn dagegen tun«, sagte sie mit ruhiger Stimme, den Blick weit weg in eine Ferne gerichtet, die irgendwo auf Gürtelhöhe lag.

»Du kochst zum Beispiel nicht mehr richtig«, sagte ich.

»Was noch?« fragte sie.

»Es gibt überhaupt nichts, was du richtig machst«, schrie ich.

»Was noch«, sagte sie.

»Genügt das denn nicht?«

»Was noch?«

Und als sie an diesem Abend wieder anfing, sich Achtzigprozentigen einzuschenken, war mein schlechtes Gewissen so groß, daß ich meinte, mir bliebe nichts anderes übrig, als mir mit ihrer Achselhöhlenrasierklinge ins Handgelenk zu schneiden. Quer. Natürlich quer. Ich wollte kein Sorgenkind des Lebens sein, aber ich dachte, es bleibt mir nichts anderes übrig. Sonst habe ich gar keine Chance, dachte ich.

»Judy«, rief ich. »Bist du eingeschlafen?«
Ich war nämlich eingeschlafen, ausgestreckt wie

ein Brett, und ich wachte auf wegen Stille und Erinnerung. Die Angst fuhr in mich hinein wie aus der Steckdose.

»Judy«, schrie ich und schlug mit beiden Händen flach gegen die Badezimmertür und dachte, du mußt ja nichts anderes tun, als auf den Stuhl steigen und durch das Fensterloch schauen, das sie mit ihrem Skischuh geschlagen hatte, dein Kind, letzten Winter, dann siehst du ja, dann seh ich ja, was seh ich dann, was seh ich dann.

Judy drehte den Schlüssel um und sagte: »Hast du sie nicht mehr alle?«

»Rotzfrech«, sagte ich.

Und sie sagte: »Warum sehen Sonja und ich eigentlich so gleich aus, Mama?«

»Weil ihr denselben Vater habt«, antwortete ich.

»Der da?« sagte sie und rollte den Fetzen Todesanzeige zwischen den Fingern.

»Der da heißt Vasko Honca«, sagte ich.

»Toller Name«, sagte sie. »War er im Bett auch so toll?«

Bitte nicht weinen, dachte ich, aber sie weinte, und ich unmögliche Person mußte sagen: »Du bist wie deine Großmutter. Hysterisch.«

Ob er im Bett auch so toll war? Das willst du wissen, Judy? Wie es war, als du gemacht worden bist? Von unserer Hochzeitsnacht soll ich dir erzählen?

Kein großer Sommer war das, Judy, es wurde kälter, ich zog über meine sommerbraunen Beine Wollstrümpfe an, die bis über meine Knie reichten. Ihm gefiel das. Er hatte sich ein Auto ausgeliehen, wer weiß von wem, ich wußte es jedenfalls nicht. Am Morgen waren wir losgefahren, und fuhren kreuz und quer durch die Gegend, fuhren von den Straßen herunter, auf Schotterwegen und auf Feldwegen, und ich sagte: »Wohin fahren wir denn?«

Dein Vater, Judy, machte ein Gesicht wie einer, der sich vornimmt, Rache zu üben. Kaute etwas mit den Schneidezähnen, heftig und eilig. Sprach nichts mit mir. Ein weißes Hemd trug er, mit Perlmuttknöpfen, die in Metall gefaßt waren, das kannte ich nicht, sonst kannte ich alle seine Hemden.

Irgendwo draußen im Ried, wo ich noch nie vorher gewesen war, hielt er vor einem Haus, das von großen Tannen umstanden war und zugebuscht war von allem möglichen, zugeschüttet mit Grünem, nur ein Dreieck vom Hausdach konnte man sehen.

»Hier nehme ich gelegentlich Quartier«, sagte er. »Es ist nicht schön, aber freundlich und günstig. Fürchtest du dich?«

»Nicht sehr«, sagte ich. Ich fürchtete mich wirklich nicht sehr.

Ich stolperte hinter ihm durch den Kies. Die Vermieterin, eine blondfarbene, fleischige Frau, stand bereits in der Tür, sie küßte deinen Vater auf den Mund, Judy, mir gab sie die Hand, eine schlaffe, lauwarme Hand. Sie trug ein schweres, dunkelgrünes Samtkleid, sah aus wie mit Moos beworfen. Sie habe bereits ein Zimmer für uns fertig gemacht, sagte sie, während wir über die Treppe nach oben gingen. Es roch nach Parfüm, Maiglöckchen. Sie öffnete die letzte Tür mit einem großzügigen Schwung, als präsentierte sie einen Christbaum – ein flächiges, leeres Zimmer unter zwei Dachschrägen, ein Bett mit straffem Leintuch und gestärkter Wäsche, Nachttischkästchen links und rechts, fertig.

»Ihr zwei?« fragte sie viel zu spät und machte eine Handbewegung wie beim Wolleaufwickeln, »doch nicht ihr zwei! Na gut, ihr zwei. Ich wundere mich nur. Ich wundere mich über nichts mehr.«

Sie hieße Heidi, sagte sie zu mir. »Sag Heidi, Sag doch ganz lässig Heidi zu mir.«

»Heidi«, sagte ich, und mir wurde schlecht im Magen vor Aufregung und Verlegenheit und barer Angst.

Sie setzte sich aufs Bett, schnaufte schwer. Wir beide, dein Vater und ich, Judy, blieben im Zimmer stehen, weit voneinander, schauten an uns hinab, dunkel hingestellt, Schatten werfend auf den Spannteppich.

»Ich bin immer so müde«, sagte die Frau. »Was ist das nur, ich bin immer hungrig. Wenn ich mich zum Essen hinsetze, kriege ich nichts hinunter, und wenn ich mich hinlege, kann ich nicht einschlafen. Was ist das nur mit mir?«

Auf einem Nachttisch standen vier Rosen in verschiedenen Rottönen.

»Diese Rosen«, sagte sie. »Ich habe das dunkle Gefühl, nicht mehr lange zu leben. Wenn ich sterbe, gibt es keinen, der sich um meine Leiche kümmert. Ich bin ganz auf mich gestellt. Was passiert in solchen Fällen mit Leuten wie mir? Kann mir das einer sagen?«

Sie schaute mich an, aus ihren aufgerissenen Augen sprachen Panik und Wahrheit. Ich senkte den Kopf, drehte mich auf der Ferse, blickte zum Dachfenster hinaus auf die Tannen, hörte deinen Vater sprechen: »Am besten, du vermachst dich der Wissenschaft.«

»Setzt euch zu mir«, sagte sie. Die Frau wollte, daß wir sie in die Mitte nehmen, ganz eng sollten wir sie einrahmen, weil sie ja nicht mehr lange zu leben habe und deshalb von lieben Menschen Wärme brauche.

»Ein Herr aus der Bank, wo ich mein Konto habe«, sagte sie, »der hat dreien seiner Kollegen eine Stunde bei mir geschenkt. Hörst du mir zu, junge Frau?«

»Ja«, sagte ich.

»Hörst du mir zu, junger Mann?«

»Wir haben nicht viel Zeit«, sagte dein Vater, Judy.

»Ich habe auch nicht mehr viel Zeit«, sagte die Frau. »Dieser Herr jedenfalls brachte mir diese Rosen und zahlte. Ich habe sie in euer Zimmer gestellt. Für seine Kollegen ist es ein Geburtstagsgeschenk. Er hat Geburtstag und schenkt ihnen etwas. Eigenartig. Aber auch nicht eigenartig. Er will vom Abstellraum durch die Luke den dreien zuschauen. Die wissen das natürlich nicht. Jetzt, wo ich nicht mehr lang zu leben habe, stößt mich das Unanständige regelrecht ab. Ihr seid gut dagegen. Liebt ihr euch?«

Ich sagte nichts. Hinterher machte ich mir Vorwürfe, Judy, ich hätte ja sagen sollen.

Sie erhob sich, stützte sich auf unsere Schultern.

»Eine Stunde nur?« fragte sie. »Nicht mehr?« Dann ging sie.

Ich zog meinen Pullover über den Kopf, zog ihn aber gleich wieder an. Es war kalt im Zimmer. Wir schlüpften in den Kleidern unter die Decke.

»Denk dir nichts dabei«, sagte dein Vater. »Sie redet so. Es war ein Fehler, daß wir hierhergekommen sind. Willst du gleich wieder gehen?«

»Wird sie sterben?« fragte ich.

»Nein.«

Ich schmiegte mich an sein Hemd. Die Perlmuttknöpfe in den Metallfassungen drückten an mein Gesicht.

»Ist es dir nicht gleich, wo wir sind?« fragte er.

»Doch«, sagte ich. Ich legte die Decke über unsere Köpfe und hob mit den Armen ein Zelt über uns. Die Decke war dünn genug, so daß Licht durchschimmerte und wir uns ansehen konnten.

»So wird es warm«, sagte ich. »Kriegst du Luft?«

»Ich kann ein Luftloch lassen«, sagte er.

»Nein, bitte«, sagte ich.

Wir sahen uns an, und er tat mir leid. Dein Vater, Judy, hatte niemanden. Dann löste er mich ab und machte mit seinen Armen die Zeltstangen, dann löste ich ihn wieder ab.

»Du wolltest es doch auch«, sagte er.

Unter der Decke zogen wir uns aus, und er schlief mit mir. Ich sage das absichtlich so, Judy, weil ich nämlich nur so dalag und es mit mir machen ließ. Frau Heidi hatte mich mit ihrem Tod still gemacht. Aber es war unsere Hochzeit. Daß nichts aus Null entsteht und nichts verschwindet.

An Sonja

Wir trafen uns in der Totenkapelle. Meine Mutter roch nach Salbeipastillen und einem Hauch Whisky. Ihre kleine Figur war mit schwarzen Wolltüchern behängt. Das sah aus, als stünde sie in einer Stoffschachtel. Von den Schuhen konnte man nur zwei Dreiecke aus Lack erkennen. Ihr Gesicht war gepolstert und glatt und rosig. Sie hatte die Augenbrauen hochgezogen und ließ nicht nach, sie oben zu behalten. Neben ihr bockte Sonja. Die Finger hatte sie ineinander verflochten. Keinen Blick bekam ich von ihr. Keinen Anflug von Feierlichkeit hatte sie in ihrer Kleidung zugelassen, Jeansjacke und -hose, so blasse Haare, der Schatten meiner Tochter, der betrogene Zwilling, eine Fieberblase im Mundwinkel, für die kann niemand etwas – Sonja, genannt nach der Sonja in Dostojewskis »Schuld und Sühne«, Mamas Tränenbuch während der Schwangerschaft.

Nur wenige Leute waren da. Sie drängten sich vorne bei den Kerzen zusammen, ein schwarzer Chor, unterbrochen von einigen hellen Damenbeinen, die Trauernden verdeckten mir die Sicht auf den Sarg. Mama und Sonja und ich standen allein hinten an der Wand, die war ein aus glasglatten Mosaiksteinen gefügtes Bild, die Grablegung Christi.

Mama in der Mitte, wer denn sonst. »Neuigkeiten«, sagte sie aus dem Mundwinkel heraus, als spucke sie Kirschkerne in meine Richtung. »Hast du es gewußt und mir verschwiegen?«

»Was denn?«

»Daß er keine fünfzig Kilometer von uns entfernt gewohnt hat. In einem Eigenheim. Angeblich selbst gebaut. Es hat mich zwei Anrufe gekostet. Zwei Anrufe. Da hört man fünfzehn Jahre nichts und denkt sich ... und dann nur zwei Anrufe.«

»Natürlich habe ich es nicht gewußt.«

»Sind sie das da vorne?«

»Wer?«

»›In Liebe und Dankbarkeit Deine Frau Britta und Deine Tocher Dani‹. Die da. Die Wichtigen stehen vorne und in der Mitte.« Und nicht mehr aus dem Mundwinkel und schon beinahe in normaler Lautstärke fügte sie hinzu: »Das, Brunakind, ist immer so im Leben.«

Ich hätte Lust zum Streiten gehabt, aber Sonja sagte: »Bitte, Mama.« Da habe ich den Mund gehalten und nur noch nach vorne geschaut.

Eine kinderkleine Frau stand vorne in der Mitte, am Fußende des Sarges – Frau Britta, wenn sie es war. Sie hatte einen schwarzen Schleier vor dem Gesicht, er hing ihr vom Hut herunter. Dani daneben, wenn sie es war – deinem Vater hätte ein »y« besser gefallen, darauf wette ich – Dani war eine farblose Volksschülerin mit Zöpfen, die nicht zu ihrem Kopf paßten und wohl auch noch nie vorher an ihrem Kopf gewesen waren.

Sonja schob sich an unserer Mutter vorbei, drückte sich neben mich, nun war ich in der Mitte, dorthin wollte ich nie, sie gab mir ihre schmächtige Hand, stellte sich auf die Zehenspitzen.

»Wo ist Judy?« fragte sie. Ein wilder Seufzer kam hinterher.

»Sie hat eine Französischprüfung«, sagte ich, »tut ihr leid.«

»Das glaube ich nicht«, sagte sie.

»Es ist auch nicht wahr«, flüsterte ich in ihr Ohr hinein.

»Erst heute morgen hat mir Mama gesagt, daß der da mein Vater war«, sagte Sonja laut, absichtlich laut. Aber es drehte sich niemand nach uns um.

»Es hat sich, wie ich es auch drehte, keine Gelegenheit gefunden«, sagte unsere Mutter. »Wann hast es denn du der Judy gesagt?«

Es kam zu keiner Antwort. Sonja lief nämlich aus der Kapelle. Und ich lief hinter ihr her.

Sie rannte quer über den Friedhof. Auf den Wegen lagen weiße Lilienköpfe mit Drahtstengeln wie auf einer Theaterbühne. Sonja ist eine gute Läuferin, und nie ist sie schöner als mit wehenden Haaren, sie hatte als Kindergartenkind einmal zu mir gesagt: »Ich möchte ein Pferd sein und kein Mensch.« Sie war gerannt, hatte den Kopf in einem großen Nicken bewegt, als begrüße sie alles, was vor ihr liegt, und hatte gewiehert, ihr Lebensjubel war das. Und Judy, meine Kleine, hatte gesagt: »Muß ich denn mit ihr spielen, Mama?«

»Ja, sie ist deine Tante.«

Jetzt sah ich sie mit fliegenden Zöpfen zwischen den Grabsteinen, ich würde sie nicht einholen. Zudem trug ich die unbequemen Beerdigungsschuhe, ein lustiger Tag gestern, ich habe sie mit Judy ausgesucht, wir haben über meine Füße gelacht, und über die Zahnstellung des Schuhverkäufers haben wir gelacht, und über unser eingehaktes Spiegelbild im Schaufenster. Keine Spur von Mutter und Tochter hatten wir. Komm uns einmal besuchen, Sonja, ich dreh dir deine Flachshaare und mach dich schön, Judy massiert dir den Rücken, das kann sie, niemand hat so kräftig genaue Daumen wie sie. Die Knie schmerzten mir.

Es war der 22. April, Todestag eures Vaters war der 19. April, heute, drei Tage später, wie sagte unsere Mutter, Sonja, »dürfte das Kapitel beendet sein«, jetzt war das Kapitel also beendet. Ziemlich kühl war es, alles naß vom gestrigen Regen. Die Sonne kam durch und trocknete die Blätter an den Holunderbüschen. Es roch nach frisch gemähtem Gras, der erste Schnitt.

Mein Elternhaus, ich habe kein Elternhaus, mein Mutterhaus, es hat eine kleine Veranda davor, dort wartete ich auf Sonja. Meinen Fiat hatte ich beim Sportgeschäft in die Einfahrt gestellt. Damit sie ihn nicht schon von weitem sehen würde.

Sie stand zwischen den Berberitzen, die das Grundstück von der Straße trennen. Sie zwickte die Augen zusammen.

»Ich habe einen Umweg gemacht«, sagte sie.

»Also«, sagte ich, »fahren wir irgendwohin.«

Beim Alten Rhein, wo die Joggerstrecke ist, ließ ich das Auto stehen, und wir gingen ein Stück. Dann fing es zu regnen an. Wir setzten uns unter das Vordach eines Schrebergartenhäuschens. Die Fenster waren mit schweren Läden verhängt.

»Somit dürfte dieses Kapitel beendet sein«, sagte Sonja. Ihre Augenlider sind fein und mit Äderchen durchzogen, wie durchsichtig sieht das aus. Ihre hellen Haare. Und der Mund ist so groß wie der meine. Bei ihr gefällt mir das, jedenfalls aus der Nähe.

»Du plapperst unserer Mutter nach«, sagte ich.

»Bruna«, sagte sie.

»Ja?« sagte ich.

Es war eine Laube. Hier waren mit Sicherheit gemütliche Sommerabende verlebt worden. Ein Tisch und zwei Stühle standen da, eine Eckbank. An der Wand zum Häuschen hing ein Bild vom Schutzengel. Er führte zwei Kinder über eine Brücke. Dieses Bild habe ich schon in vielen Reproduktionen gesehen, und jedesmal habe ich mich gefragt, sind die Kinder bereits tot und werden in den Himmel geführt, oder leben sie noch und haben sich nur verlaufen und werden von einem weibisch aussehenden Mann mit Flügeln nach Hause zu den Eltern gebracht. Auf dem

Tisch stand ein gußeiserner Untersetzer mit einem Kerzenstumpf.

»Warte hier«, sagte ich.

Ich lief zum Auto zurück und zog die Decke vom Rücksitz. In die wickelten wir uns ein. So saßen wir unter dem weiten Vordach eines Gartenhäuschens, dessen Besitzer wir nicht kannten.

»Warst du schon einmal hier?« fragte Sonja.

»Nein.«

»Ich auch nicht.«

»Und wenn uns einer erwischt?«

»Wer denn?«

»Der, dem alles gehört.«

»Dann sagen wir, wir sind müde.«

»Wird er das gelten lassen?«

»Das ist doch nicht wichtig, Sonja.«

Sonja, die neue Matratze in Mamas Schlafzimmer, wo ein ewiger Sommer aus Gelb und Rosa herrschte, die weihte ein Mann ein, in den sich unsere Mutter unsterblich verliebt hatte. Unsterblich, was ist unsterblich, das ist die Liebe, die nie zu Ende geht. Definition von Mama, drei Tage nachdem sie ihn kennengelernt hatte. Wenn sie glücklich ist, definiert sie gern. Sie zieht sich aus sich selbst heraus wie aus einem Sumpf, und die Haut an ihren Schenkeln, die über den Winter noch einen Hauch von Sommerbräune gehalten hatte, sie schimmert, so straff spannt sie sich, und ihr Hals springt aus dem Nacken und zeigt die zarten Härchen, und ihr Mund hebt sich, und auch in selbstvergessenen Augenblicken lächelt sie.

Sie definiert Leben, Tod, Liebe, Gott, Film. Ingrid Bergman in »Wem die Stunde schlägt« sei göttlich. Wenn Mama glücklich war, demonstrierte sie eine Nähe zu ihrem privaten Allerhöchsten, daß es einem unheimlich werden konnte. Weil sie hart blieb gegen jeden Spott. Gott gehörte nur ihr. Der scherte sich um sonst niemanden. Der hat weder die Vulkane erschaffen noch die Sternenreigen, der hatte nichts mit Mutter Teresa zu tun und nichts mit Auschwitz. Der war einzig Mamas feste Burg und nichts weiter. Ich muß zugeben, Glück machte sie klüger. Und schöner. Im Zustand glücklicher Verliebtheit gelang es unserer Mama, Sätze zu sagen, bei denen man nicht automatisch Lust hatte, mit den Augen zu rollen. Und es gelang ihr, Respekt zu erzeugen vor ihrem Glück.

Am 14. Mai, einem Freitag, brachte sie ihn mit. Am Abend nach der Arbeit kam sie an mit ihm. Sie schob ihn zur Haustür herein, öffnete die Küchentür und stellte sich hinter ihn. Als wäre sie der Besuch und er der Hausherr. Nicht er die Beute und nicht sie die Jägerin. Ein kleiner, von ihrem Gott gepflanzter Mann, dem der Schatten des Ganglichtes ins Gesicht fiel. Er stand fest, die Beine leicht gespreizt, dunkel. Er sog die Wangen ein, das setzte schmale Schattendreiecke unter seine Augen.

Ich mixte mir gerade eine Bananenmilch. Weißt du, Sonja, als ich so alt war wie Judy und du, da gab es einen allgemeinen Früchtewahn, jedenfalls in unserer Gegend, der dauerte ein Jahr lang, und wem die Kiwi und die Maracujas und die Mangos und die Papayas schon langweilig wurden, der griff gern auf Einfaches wie Banane zurück. An die Bananenmilch an diesem Abend erinnere ich mich gut, ich ließ die Bananen erst über ein paar Tage dunkel werden, dann waren sie süßer, ich erinnere mich gut, so schäbig allein war ich, ausgestoßen, abgehängt von unserer Mama, und hielt den süßen Brei in einem Plastikkrug in meiner Hand. Augenblicklich fand ich deinen Vater unheimlich schön, Sonja, zum Weinen schön und unerreichbar, wie er so vor mir stand, kräftig verwurzelt bereits, wie er mit seiner trockenen Hand fest meine Rechte umschloß, das Ellbogengelenk durchgestreckt, die Knie durchgestreckt, den Rücken gerade, eine Grazie in seiner Haltung, wie sie nur kleine Menschen haben, und da dachte ich, hätte ich doch besser eine Maracujamilch gemixt oder gar keine Milch, hätte ich nur nichts in der Hand, wie soll ich ihm klarmachen, daß mir diese Früchtediskussionen, die in der Schule zwischen den Mädchen geführt wurden, gar nichts bedeuten, gar nichts, ob mit Joghurt oder mit Buttermilch oder Kefir oder Sauermilch oder ohne Milchprodukte.

Am hellichten Werktag knapp nach siebzehn Uhr trug dieser Mann einen samtschlüpfrigen Anzug, einen schwarzen, samtschlüpfrigen Anzug, so dunkel, daß alles Licht darin verschwand. Sein Kopf war breit, vielleicht ein bißchen zu breit, aber das ist gut, das ist gut, wie häßlich sind doch diese Stecknadelköpfe bei Männern, auf denen gar nichts unterzubringen ist, auf denen die Augen so eng beieinander stehen müssen, ohne Rätsel, wo die Nase zwischen die Wangen gehämmert ist, nein. Und er trug ein weißes Hemd mit offenem Kragen, und schwarze, staubige Schuhe hatte er an und hatte die schönsten Hände.

»Das ist Vasko Honca«, sagte unsere rundum glückliche Mama. »Vasko Honca kommt von weit her, und er ist müde, und er mag bestimmt keine Bananenmilch.«

Das ist es. Jetzt, nach fünfzehn Jahren, suche ich ausgefallene Worte, wenn ich ihn beschreiben will. Samtschlüpfrig. Da muß man sich doch denken, daß er mit dem Zirkus zu tun hatte. Daß der Anzug geliehen war. Eine obskure Arbeitskleidung. Daß er Messerschlucker war oder Seiltänzer oder Ansager oder Kapellmeister. Er machte, daß man anders dachte. Das Kind mit dem großen Mund war ich. Sein erster Blick fiel auf meinen Mund. Ich sah die Sonne gelb und das Gras grün. Meine Definitionen wären eine Zumutung für ihn gewesen. Dein Mund ist groß, kleine Bruna, als wolltest du alles verschlingen, den hat dir dein Vater vererbt, was weiß ich von dir, nichts, wehe, du gehst fort, ohne mir zu sagen, wohin ... – An diesem 14. Mai war mir die Mama eindeutig überlegen.

»Er ist – Vasko«, wiederholte sie leiser und nur zu mir hin, und diesmal klang es wie: Er ist es! Mit Ausrufezeichen. Und das bedeutete: Gott hat ihn mir geschickt. Nein, richtig hieß es: Gott hat ihn *uns* geschickt. Das machte, daß ein Gefühl von kalter Feuchtigkeit über mein Gesicht huschte. Sie reihte sich neben ihn, eine sechsunddreißigjährige Frau in einer verhältnismäßig sauberen Wohnküche in einem verhältnismäßig geräumigen Haus, das leicht noch eine dritte Person zu fassen vermochte.

Vasko blickte sich um. Aber es war nicht so, daß er seine Augen schweifen ließ, oder wie man dazu sagen soll, daß er in einem Schwenk über alles drüberfuhr. Er holte bei jedem Ding neu aus. Er ruckte mit dem Kopf, schickte einen Blick, fixierte und kehrte wieder zu sich zurück. So ungefähr. Ich habe mir angewöhnt, auch so zu schauen. Ich will es mir nicht mehr abgewöhnen. Im selben Moment dachte ich, egal, ob er bleibt oder wieder geht, ich möchte in Zukunft so schauen wie er. Ich weiß heute, wenigstens einen kleinen Teil seines Charismas verdankte Vasko seiner Kurzsichtigkeit. Es gab Situationen, wenn er vor sich niederblickte, da wirkte er wie ein Blinder, so starr war die Fixierung seiner Augen. Man mußte sich fragen, was ist so interessant an diesem Ding, das er da anstarrt. So war es bei meiner Heftklammermaschine, die nun wirklich nichts Besonderes war. Aber von diesem Tag an war sie etwas Besonderes für mich, weil Vasko sie so lange ins Auge gefaßt hatte.

»Das ist Bruna«, präsentierte mich unsere Mama, reichlich spät freilich, mich, die ich dastand wie mitten im Anlauf, mit der Mixkanne voll Bananenmilch in der linken Hand. »Bruna, genannt nach ihrem Vater Bruno«, baute sie aus, wie sie es immer tat vor fremden Leuten, weil mein Name so kurz und so schnell hergesagt ist und dann ein Loch bleibt, aber diesmal sagte sie es mit ein bißchen Stolz, bildete ich mir jedenfalls ein. Vielleicht waren die Lichtverhältnisse in der Küche günstig, und ich sah so aus, daß man getrost ein bißchen stolz auf mich sein konnte. Ein paar Monate früher hätte sie weitergeredet: Sag eine Zahl unter fünfzig, Vasko, sie kann sie im Kopf hoch drei rechnen, spielend.

Er hatte mir seine Hand ja bereits gegeben, schweigend, nun sagte er. »Guten Abend, Bruna.« Keine Verlegenheit war in seiner Stimme und keine Arroganz, keine Verstellung und kein routinierter Charme, und er sprach meinen Namen mit starker, kurzer Betonung auf dem »u« aus. Wie es noch niemand getan hatte bisher. Und dabei deutete er eine Verbeugung an. Auch das hatte noch niemand bei mir gemacht bisher.

»Bruna kann sehr lieb sein«, sagte Mama, »sie ist mir eine große Hilfe.« Sie hatte ihre Hand an seinem samtschlüpfrigen Arm und drückte ihn, wobei sie es vermied, ihn mit den Fingerspitzen zu berühren, sie drückte mit dem Mittelteil der Finger, das kannte ich, so wollte sie vermeiden, daß man ihre rotbemalten Nägel für krallig hielt. »Sie ist – das bist du doch, Bruna, oder? – mehr eine Freundin als eine direkte Blutsverwandte.«

»Wir wissen nicht mit hundertprozentiger Sicherheit, ob mein Vater noch lebt«, sagte ich, weil ich augenblicklich verhindern wollte, daß die zwei morgen schon heiraten, Besitzerwut war wie ein Gewitter, das sich in Mamas Körper ankündigte, der erste Blitz würde mich erschlagen, zu Asche brennen und dann hinein in die Erde wegregnen. »Er gilt als verschollen.« Und fügte mit Blick auf die PVC-Fußbodenfliesen in Schachbrettmuster hinzu: »Man wartet halt.«

Eigentlich sagte ich das, um als eine Art Halbwaise zu gelten, was wenigstens ein bißchen interessant und ein bißchen räudig wäre und ein Gegengewicht sein sollte zu dem süßen Brei in meiner Kanne.

»Aha«, sagte Vasko.

»Ja«, sagte ich.

»Was redest du denn da«, sagte Mama.

»Von meinem Vater«, sagte ich.

»Nein, Quatsch, ihr Vater lebt nicht mehr«, sagte sie, als wäre mein Leben eine Schachpartie und mein Vater ein Springer oder Läufer oder ein Turm oder ein blöder, unnützer Bauer, und ein kleiner Ärgerzirrus zog über das strahlende Blau ihres Glückshimmels. »Wir wissen es hundertprozentig«, und sie runzelte mich kurz mit ihrer Stirn an.

»Ganz hundertprozentig wissen wir es nicht«, sagte ich, gerade noch eine Halbwaise in Schwebe.

»Aber doch so gut wie«, beharrte Mama.

Ich wollte ihr alles verderben, das ist die Wahrheit, selbst auf die Gefahr hin, als unsympathische Rechthaberin zu erscheinen. »Das ist mir neu«, sagte ich.

»Was?«

»Daß mein Vater hundertprozentig tot ist.«

»Müssen wir das ausgerechnet jetzt debattieren?« fragte sie.

»Warum nicht«, sagte ich.

»Weil es nämlich ein bißchen langweilig ist, weißt du, Bruna.«

»Die Frage, ob mein Vater gestorben ist oder nicht, kann doch unter gar keinen Umständen langweilig für mich sein, Mama.«

»Meinetwegen«, sagte sie, »dann ist er eben nicht gestorben.«

»Was jetzt?«

»Er ist nicht gestorben.«

»Wirklich nicht?«

»Nein, wirklich nicht.«

»Und warum sagst du mir das erst jetzt?« fragte ich, nun keine Waise mehr.

»Was? Was denn noch? Was denn jetzt noch?«

»Du kannst doch nicht plötzlich sagen, hör zu, Brunaschatz, dein Vater lebt, nachdem du vorher gesagt hast, er ist tot, das kannst du nicht, Mama.«

»Schluß jetzt, Bruna, bitte«, stammelte Mama, »bitte«, und breitete ihre Arme nach mir aus, »laß uns vielleicht doch von deiner Bananenmilch probieren, die sicher wie immer köstlich ist.«

Ich blickte Vasko an. – Nein, Sonja, du hast nicht seine Brauen, du nicht, Judy hat sie, denk dir Judys Brauen, die so gerade sind wie die Brauen von Marlon Brando. Was sind schöne Männerbrauen? Definition: die Brauen von Marlon Brando. Die sind von Mamas oberstem Herrn entworfen. Es sind Männerbrauen, Sonja. Darum bist du hübscher als Judy. Glaubst du das nicht? Nein, ich glaube es auch nicht. Ich weiß doch, daß Judy hübscher ist als du. Aber das sage ich dir nicht. Ich bin nicht glücklich, also kann ich die Menschen und die Dinge dieser Welt nicht definieren. – Ich blickte Vasko an und dachte, wie wird er reagieren, wenn wir ewig so lästig sind, Mama und ich. Wird er auf Mamas neue Matratze pfeifen, oder hält er durch, will er sie so sehr?

Er stand da, das rechte Bein leicht eingeknickt, und betrachtete uns. An seinen Wangen glitzerten harte, blonde Haarstoppeln. Einen Blickschuß schickte er auf mich, dann einen auf Mama. Er wirkte nicht ungeduldig. Auch nicht amüsiert. Auch nicht geistesabwesend. Hätte ja sein können, daß er gerade auf einem anderen Weg war, als er Mama traf. Wie hatte sie ihn kennengelernt? Sie hatte ihn von seinem Weg abgebracht. Das kann sie. Wäre es nicht wahrscheinlich, daß er in Gedanken schon weiter auf seinem Weg war? Er machte einen runden Mund, sog die Luft ein, hob seine unvergleichlichen Brauen und sagte: »Siehst du, Bruna, ich weiß auch nicht, wer mein Vater ist.«

»Marlon Brando, würde ich gern wetten wollen«, sagte Mama.

Vasko schürzte seine Lippen und nickte. »Gäbs was zu erben«, sagte er, und wir, seine Frauen, lachten. So ein Partylachen war es, angezettelt und unausweichlich gemacht von Mama, ein Lachen aus dem man so etwas heraushören konnte wie: Wär schön, so eine Erbschaft, aber eigentlich nicht nötig, man hat selber ja auch einen ganzen Haufen, nicht wahr...

»Wie alt bist du?« fragte er mich.

»Vierzehn«, sagte Mama schnell, sehr schnell. Sie war schon bei der Badezimmertür. Was hast du dort verloren, du Drängende! Was schlüpfst du so eilig aus deinen Stiefelchen und trippelst so aufgeregt mit deinen kleinen Füßen! Ich sah die Unsicherheit in ihren Augen, eine Spur Panik auch. Sie hielt es wohl zu jeder Zeit ihres Lebens für möglich, daß hinter ihrem Rücken über sie geredet wurde, hinter diesem vollkommenen Rücken, den sie mit einem Damenexpander stramm trainierte. Immer hatte sie Angst, man komme ihr drauf. Worauf? Auf ihre echte Haarfarbe? Auf ihre Verzweiflung? Ich weiß schon, warum sie so schnell war mit ihrer Antwort. Wir kämpfen, stimmts, Mama? Ich bin gescheiter als du. Ich kann machen, daß man dir draufkommt. Nicht auf die wahre Haarfarbe.

Ich werde dir den Abend verderben, ich werde ein Logikspiel vorschlagen. Ich sehe diesem Mann doch an, daß er gern sein Hirn anstrengt. Kluge Frauen imponieren ihm. Dieser Mann denkt gern. Er arbeitet nicht gern, aber er denkt gern. Wenn dein Vater über etwas nachdachte, Sonja, dann war sein Auge leer, und er sah aus, wie manche Engel aussehen, die Kinder an der Hand über Brücken führen.

Oder, Mama, dachte ich, soll ich vorschlagen, daß wir Hauptstädte aus aller Welt raten. Das ist das erste, was ein Abenteurer kennt, den Atlas. Dachtest wohl, ich sage, fünfzehn oder gar sechzehn bin ich. Was dann? Sagt sie dann, die Mama: Das stimmt nicht, sie ist erst vierzehn. Dann mache ich mein Gesicht, das heißt, großer Gott, ich lüge nicht, und sie kommt in einen saublöden Beweiszwang.

Wenn ich will, chauffiere ich sie in die Scheißgasse. Sie muß sagen: Hol deinen Ausweis, du Biest, hol jetzt augenblicklich deinen Ausweis her, den wir erst im Februar haben machen lassen, was ein idiotisches Gerenne war bei dem Regen. Und ich sage: Ich weiß nicht, wo der Ausweis ist, Mama, den hast du in deiner Tasche, seit wir in Lindau waren, um Babyhautmilch zu kaufen, habe ich ihn nicht mehr gesehen. Ich kenne sie, ich kenne unsere Mama, sie wird ausflippen. Augenblicklich, augenblicklich, wird sie schreien, bringst du irgend etwas daher, was deine wahre Identität aufdeckt. Sie würde mich definiert sehen wollen. Vor diesem Zeugen, an dem ihr alles lag in diesem Augenblick. Ich würde meinen Kopf rot werden lassen und sagen: Ich gebe zu, ich habe geschwindelt, ich bin wirklich erst vierzehn. Und würde die Mundwinkel nach unten ziehen und würde das Kinn ein wenig zittern lassen. Und mein Schwindeln würde völlig verständlich sein, menschlich, sympathisch, rührend in den Augen eines vaterlosen Mannes. Aber wie sie sich aufgeführt hat, die Mutter, das würde Herr Vasko Honca nicht verstehen, das würde er nicht menschlich finden, nicht sympathisch, und es würde ihn nicht rühren. Vielleicht würde er dann sogar auf Mamas neue Matratze pfeifen. Ich würde gelogen haben. Aber sie würde dabei schlecht abgeschnitten haben.

»Vierzehneinhalb«, sagte ich.

»Nett«, sagte er.

»Haben Sie gar nie etwas von Ihrem Vater gehört?« fragte ich, ohne ihn anzusehen.

»Nein«, sagte er.

»Ach, sagt doch ›du‹ zueinander, ihr beiden!« Mama stand immer noch bei der Badezimmertür. In ihrem Gesicht war eine Spur Fassungslosigkeit, die mich inspirierte.

»Und Ihre Mama, hat sie Ihnen nie von ihm erzählt?«

»Nein«, sagte er.

»Sag Vasko zu ihm, Bruna, es ist unhöflich.«

Ich tat, als gäbe es sie nicht, und wen es nicht gibt, den kann man nicht hören. »Und erfunden«, sagte ich. »Ich meine, man kann doch auch etwas erfinden. Meine Mama hat immer Geschichten von meinem Vater erfunden.«

»Hab ich nie«, rief sie von hinten. Sie merkte gar nicht, daß ich ihr eine Rose zugespielt hatte.

»Das ist doch schön«, sagte Vasko. »Das ist sehr schön.« Er drehte sich zu ihr um. »Das ist wirklich sehr schön.«

»Ach«, sagte sie. Ein bißchen stolz war ich auf sie, und ich wollte doch, daß er ihren schönen

Rücken sähe, den ich auch so gern anschaute, besonders, wenn sie saß und ihren Körper um wenige Grade verdrehte.

Vasko trank ein Glas Bananenmilch im Stehen. Hatte er sich noch nicht entschieden? Mama war im Bad verschwunden. Sie hatte gesagt: »Ich mache mich frisch«, und sie hatte nicht mehr mitbekommen, zu welcher Peinlichkeit ich diesen Satz hatte wachsen lassen, allein dadurch, daß ich mich umdrehte und schwieg. Ich schwieg hartnäckig und zeigte unserem Gast hartnäckig den Rücken. Sich frisch machen – wie in einem Bilderwitz: erstes Bild total verschwitzt; zweites Bild klatschnaß; drittes Bild ein Quell der Freude.

»Gute Bananenmilch«, sagte er.

Ich nickte und nahm sein leeres Glas und spülte es mit kaltem Wasser ab.

»Darf ich noch etwas haben?« fragte er.

Ich nickte und schenkte nach. Dann war es still. Ich traute mich nun nicht mehr, mich zu ihm umzudrehen. Hab ihm schon zu lang meinen blauen Pulloverrücken gezeigt, dachte ich, wenn ich jetzt das Gesicht zeige, hat es Bedeutung, und ich muß etwas Wichtiges sagen, und das Licht ist wohl auch nicht mehr so günstig. Ob er viel gereist ist, könnte ich fragen. Und ihm vorschlagen,

Hauptstädte zu raten, bis Mama fertig frisch ist. Vasko gab keinen Laut von sich. Worauf habe ich mich hier eingelassen, wird er sich in seinem klaren, einsamen, vaterlosen Kopf denken.

Ich schloß die Augen und dachte, er hat einen Fuß vor den anderen gesetzt in seinen staubigen Lederschuhen und ist davon, kein Mensch kann so still sein, man spürt die Anwesenheit eines Menschen im Rücken, von ihm aber spüre ich nichts. Sein Atem bewegt die Luft nicht. Er strömt keine Wärme aus. Und dann war auf einmal die Stille schön zwischen uns, und ich spürte, daß er da war, dein Vater, Sonja.

Du willst wissen, wie alt er war, damals? Zweiunddreißig. Vier Jahre jünger als Mama. Achtzehn Jahre älter als ich. Aber man hätte ihn für jünger gehalten. Weil sein Gesicht so blond war, hell und unschuldig und anteilnehmend. Ich habe nie ein lautes Wort, ein böses lautes Wort von ihm gehört. Glaubst du das, Sonja? Was seine Arbeit war? Nichts. Irgendwann später erzählte er eine Geschichte aus seiner Heimat, eine Geschichte vom Teufel, der habe sich eines Tages als Buchverkäufer verkleidet. Einen winzig kleinen Bauchladen habe er vor sich hergetragen, und die Kunden sagten, also viele Bücher kannst du da drinnen nicht haben, und er sagte, ich habe genug, was für eines willst du denn? Und dann stellte sich heraus, daß er in dem winzigen Laden jedes Buch hatte, das verlangt wurde, selbst die ausgefallensten Titel befanden sich in dem kleinen Kasten vor seinem Bauch. Da dachte ich, das wär ein Beruf für Vasko Honca.

Sie trug einen hellrosa Unterrock, unsere Mama, einen Enganlieger, der alles preisgab. Sie bewegte sich wie in einem Schaufenster durch unsere Bananenmilchküche, nach dem Bad war sie zur öffentlichen Person geworden. Ein Beispiel gab sie. Eine Frau mit Signalen. Sie ging voran, wir folgten ihr. Sie stellte sich an unsere Wohnzimmersäule und streckte sich. Unsere Mutter ist schlußendlich eine Naturbegabung, Sonja.

Vasko lachte, aber er war nicht verlegen. Ich war verlegen. Ich habe Mühe, ihn mir in einem Sarg vorzustellen, in ewiger Nacht. Jetzt wäre ich größer als er, das macht mich traurig. Meine Füße waren schon damals größer als die seinen, wenn auch schmaler. Auch meine Finger waren länger als die seinen, aber seine Hände waren breiter. Die Jammerstimmen überfallen mich wie ein Mückenschwarm, Sonja, sei froh, daß du seine Augen nicht mitbekommen hast, ich muß um mich schlagen, um die Mücken schnell zu vertreiben.

Ich bin mit sechzehn noch gewachsen. Ihm gefielen Mamas kleine Füße, sie trug die Größe 36, ich hatte meine 40, damals bereits, die Wurzeln sind nicht mehr gewachsen, gut, daß ich meine Füße nicht mehr vor ihm verstecken muß. Sie war an seiner Seite, ich war nur ihr Kind. Vor einer Woche hatte sie noch über Unterleibsschmerzen geklagt und sich ein Geschwür eingebildet. Schon sah sie ihren Bauch aufgebläht und in letzter zersetzender Vergärung begriffen. Jetzt aber herrschte Glück, nur Glück. Ungeniert schrie sie im Bett. In den ersten Tagen sahen wir Vasko vor der Rauhfasertapete in unserem Wohnzimmer wie auf einer Leinwand. Er, der manchmal vor sich niederblickte, ins Leere starrte, als wäre er blind. Unser Star.

Meine Freundin Annemarie glühte vor ihm, in Vorlage geriet sie mitten in unserer Küche, sah aus, als müsse sie einen Schlitten aus dem Schnee schieben, und hinterher, draußen unter der Maisonne, im Geruch der Berberitzen mußte sie eine Weile Luft holen, und ihr sehniger Hals bestand nur noch aus gespannten Strängen.

»Bilde ich mir das ein, oder ist seine linke Schulter wirklich ein wenig höher als die rechte«, fragte sie.

»Höher ist zuviel gesagt«, sagte ich.

»Zuviel gesagt also«, wiederholte sie.

»Ja«, sagte ich. »Weiter?«

»Macht er etwas mit seinen Augenbrauen?«

»Ganz sicher nicht.«

»Das weißt du doch nicht«, sagte sie.

»Doch, das weiß ich«, sagte ich.

»Aber das kannst du doch nicht wissen, Bruna!«

»Ich weiß es aber!«

»Bist du bei ihm, wenn er im Bad ist?«

»Manchmal«, sagte ich. Es war natürlich gelogen.

»Warum hast immer nur du Glück«, sagte sie, »immer nur du, immer nur du«, und suchte sich von diesem Tag an einen anderen Umgang.

Mama wollte gleich zu Wochenbeginn ein Kreditkonto für Vasko eröffnen. Sagte sie. In trällerndem Ton. Als wollte sie Ostereier verstecken. Was soll das sein, bitte? Weißt du was ein Kreditkonto ist, Sonja? Ich weiß es nicht.

Sie leerte Vaskos Brieftasche aus, wischte unseren schwarzen Lacktisch im Wohnzimmer ab, polierte ihn auf Hochglanz und breitete die Münzen und die Scheine und was sonst noch da war über die Platte. Sie küßte das Foto in seinem Personalausweis, küßte das Foto in seinem Führerschein, legte sich seine Zugermäßigungskarte an die Wangen und hielt sie mit beiden Händen fest und wiegte sich. Und was soll ich sagen, Sonja, ich hätte mir gewünscht, es wäre peinlich, ich wünschte mir, daß sie sich blamierte, daß sie als eine dumme, verrückte Kuh dastand, aber es war nicht peinlich, und Mama blamierte sich nicht, und als dumme, verrückte Kuh stand sie nicht da. Ich lehnte in der Tür und mußte lachen, ich hatte noch meinen Frotteeschlafanzug an, den schwarzen, und ich hätte ihr gern einen Kuß auf ihren gefärbten Scheitel gedrückt. Und warum war das so? Weil es dein Vater, Sonja, nicht zuließ, daß sich Mama blamierte. Es schien ihn glücklich zu machen, daß sie sein Foto küßte. Er ließ es nicht zu, daß wir uns verletzten, weder uns gegenseitig noch uns selbst. Das ist das Beste, was ich über ihn sagen kann. Aber wenn ich mich umdrehte und zur Tür hinausging und im Gang stand, wo Mama alles an die Wände klebte, was ihr in ihren Filmzeitschriften gefiel, ein Bilderheer, das mich umstellt hatte, dann war mir, als steckte mein Kopf in einer Wattelieferung, und ich fühlte mich abgehängt und vergessen und preisgegeben.

Sie zeigte ihm ihr Sparbuch, und sie zeigte ihm mein Sparbuch, und sie zeigte ihm, wo wir unsere finanzielle eiserne Reserve aufbewahrten, nämlich in dem Holzkästchen, in das mein Kindermikroskop gebettet war, unter dem ich mein Blut und meine Haare betrachtet hatte. Mama hatte es mir zu meinem fünften Weihnachten geschenkt, weil ich schon so gut rechnen konnte und jemand gesagt hatte, aus mir werde sicher eine Wissenschaftlerin. Und es störte mich nicht, daß sie unsere Existenz derart vor ihm aufdeckte, es kam mir nicht in den Sinn, sie zur Vorsicht zu mahnen. Ich vertraute ihm nicht weniger als sie. Und, Sonja, ich sage es gleich, unser Vertrauen in deinen Vater war gerechtfertigt. Mama las ihm Stellen aus ihren Jugendtagebüchern vor, überflog mit angeleckten Fingern die Seiten. Sie vergab sich selbst jedes Rätsel vor ihm. In ihrer absoluten Nacktheit ist sie ein Naturtalent, unsere Mama, ja.

In der ersten Nacht schliefen wir nicht mehr als eine Stunde. Ich wachte in meinem Zimmer, lauschte abwechselnd an der Wand und am Lautsprecher meines Radios. Und zweimal klopfte ich an ihre Tür, einmal um eins und dann so gegen fünf. Dann luden sie mich ein. Ich war gern gesehen, ich sehe fein aus in dem schwarzen Frottee, sagten sie. Ich durfte an ihrem Fußende sitzen. Wie der Geist, der die Träume bringt. Und ich zupfte mit den Fußzehen an ihrem Leintuch.

»Roll dich in meinen Rücken«, sagte Mama. »Und zieh die Decke über dich.« Sie lag an seiner

Schulter, den Kopf zwischen Schlüsselbein und Brust.

»Hast du ein wenig Durst, Vasko?« fragte ich. »Es macht mir nichts aus.«

Alles sollte Vasko haben, noch bevor er es sich gewünscht hatte. Er sollte nur Echtes bekommen. Nichts aus der Dose, keine Sardellenpaste, keinen Kunsthonig, keine Siruplimonade. Ich preßte ihm ein Kilo Orangen aus.

Am Samstag saßen sie auf der Stiege. Den ganzen Samstag. Sie waren auf dem Weg gewesen von Mamas Schlafzimmer, das im ersten Stock liegt, hinunter zum Wohnzimmer, da setzten sie sich unterwegs auf die Stiege. Sie setzten sich dicht nebeneinander und hielten sich fest. Und dann blieben sie einfach den ganzen Tag dort sitzen. Die Sonne fiel auf die rotgoldenen Buchenstufen, die mit dunklen Schrammen verziert waren, Mama war im weißen Bademantel, Vasko in ihrem blutroten, es war ein Picknick. Mir ließen sie das übrige Haus, sie saßen auf der Stiege, manchmal schlüpften sie ins Schlafzimmer, dann ins Bad.

»Was wünschst du dir?« fragte sie ihn immer wieder. »Sag es mir, sag es mir!«

»Nichts«, sagte er.

»Willst du Kaffee oder Bier?«

»Nichts«, sagte er.

»Oder Wein oder einen Likör oder einen Whisky?«

»Einen Wein vielleicht, bitte«, sagte er.

»Und was wünschst du dir sonst noch? Etwas dazu? Willst du dazu etwas knabbern? Oder eine kalte Platte mit eingelegten Tomaten, oder soll ich etwas kochen? Kann ich gut kochen, Bruna?«

»Sehr gut«, sagte ich von unten herauf. Ich war in der Küche und legte mein Ohr ans Radio.

»Nichts brauche ich«, sagte er. »Dankeschön.«

»Oder willst du vielleicht Schokolade?«

»Schokolade mag ich«, sagte er.

»Milchschokolade oder bittere Schokolade?«

»Bittere Schokolade mag ich sogar besonders gern«, sagte er.

Und Mama brauchte mir gar nichts aufzutragen, ich zog mir die Jeans über den Pyjama und rannte schon los zum Supermarkt und kaufte von meinem Taschengeld vier Tafeln von der feinsten, von der teuersten bitteren Schokolade, holländische, nicht Schweizer, ich kannte mich aus. Sonja, hör zu, dein Vater hat sich nie etwas gewünscht. Jedenfalls weiß ich nichts davon. Man wollte ihn beschenken. Jeder wollte ihm Geschenke machen. Einmal noch kam Annemarie zu uns nach Hause, ein letztes Mal, am Samstag nachmittag. Ein Päckchen hatte sie in der Hand, in Weihnachtspapier eingewickelt und mit einem dehnbaren Silberband umwunden. Mama und Vasko waren im Badezimmer. »Leise«, sagte ich, »sie schlafen, es waren lange Gespräche gestern nacht.« Sie zwinkerte mit den Augen, hatte etwas Lauerndes an sich, etwas Scharrendes, Atemloses, etwas Verlorenes auch.

Mein erster Gedanke, als ich sie sah, war: Ich bin besser dran, ich muß besser dran sein, bitte lieber Gott, mach, daß ich auf alle Fälle besser dran bin! Sie sah mir nicht in die Augen. Ich solle das da dem Mann geben und dazusagen, es sei von ihr, oder nichts dazusagen, aber ich müsse es ihm auf alle Fälle geben. Bevor sie das Päckchen aus der Hand gab, drückte sie eine Kerbe mit ihrem Fingernagel in das Weihnachtspapier. Sie ließ mich schwören. Ich legte meine Hand auf ihr Herz. Das pumpte spitz und unwillig gegen ihre Knochen. Mir hat das Schwören nie Kummer gemacht. Ich habe bei Gott geschworen, ich werde das Päckchen dem Herrn Vasko Honca überreichen, und ich habe es gleich, als Annemarie zur Tür hinaus war, in den Müll geworfen.

In der Nacht bekam ich dann ein schlechtes Gewissen, nicht wegen des Schwurs, Schwören ist abergläubischer Blödsinn, wegen Annemarie bekam ich ein schlechtes Gewissen, und weil ich fürchtete, es könnte sich vielleicht doch irgendwann eine Gelegenheit ergeben, und sie fragte ihn, wie ihm ihr Geschenk gefallen habe. Ich schlich mich nach unten in die Küche, aber der Mülleimer war geleert. Mama hat das bestimmt nicht getan. – Nein, Sonja, dein Vater hatte es nicht nötig, sich etwas zu wünschen.

»Darf ich dich ganz neu einkleiden«, fragte Mama.

»Wenn du magst«, sagte er.

»Der Samt da ist nichts wert«, sagte sie, schnippte mit dem Finger gegen den Ärmel des Anzugs, den Vasko sorgfältig über einen Stuhl im Wohnzimmer gelegt hatte, wischte verächtlich drüber, roch daran, spreizte und dehnte den Stoff zwischen den Fingern, kopfschüttelnd. Als wolle sie beweisen, wie wenig ihre Vorgängerinnen zur Liebe fähig gewesen seien.

»Ich habe den Anzug selbst gekauft«, sagte Vasko.

»Ah dann!« rief sie aus, und ihr Glück war wieder rund. Von welchem Geld denn, hätte ich fragen wollen, von den paar Schillingen, die auf unserem Lacktisch im Wohnzimmer lagen. Die beiden setzten ihr Picknick fort, und ich war ihr Gespenst, vorhanden und unsichtbar.

»Einen besseren Anzug gab es in meinem Land nicht«, sagte er. »Es war der beste, den es gab.«

»Entschuldige, entschuldige«, sang sie und umarmte ihn. »Entschuldige!« Und er umarmte sie.

Umarmt und ineinander verbeint saßen sie auf der Stiege, eine Stufe über ihnen zwei Weingläser, eine Stufe unter ihnen Mamas Aschenbecher und die Marlboroschachtel, neben ihnen eine aufgerissene Tafel bitterer Schokolade. Das war sein Liebstes, ja, davon manchmal ein Bröckchen. Und manchmal ich ein Bröckchen. O ja, Sonja, du bist ein Kind der Liebe. Ich hörte ihn den alten Satz sagen. Flüsternd und auf ihr Verlangen hin. Ich stand unten in der Küchentür. Eine Zeugin. Eifersüchtig auf ihn, eifersüchtig auf sie, mit ungeputzten Zähnen und ungekämmten Haaren, schon war Abend, und der Tag hatte noch gar nicht für mich begonnen. Ich sah sie durchs Stiegengeländer hindurch.

Mama fiel gar nicht auf, daß ich die Schule schwänzte. Es wäre ihr egal gewesen. Ach, Samstag, hätte sie gesagt, am Samstag fängt kein Lehrer etwas Neues an. Ich hörte, wie sie ihn bat, er solle es noch einmal sagen, und er solle diesmal jedes Wort betonen, und er solle dann auch noch zwischen jedem Wort eine Pause lassen, sie wolle jedes Wort genießen und es nicht gleich hinunterschlucken müssen, weil das nächste schon nachdränge. Er tat es. Er widersprach nicht. Nie tat er das. Alles, die ganze Welt, erfuhr seine Zustimmung. Sonst gäbe es dich nicht, Sonja. Er dirigierte mit seinen breiten, zarten Händen die Melodie des kleinen Satzes. Und Mama? Unsere Mama? Was sie zu Vasko redete, waren jubelnde Gebete, nichts anderes, und an jedem hing ihr Etikett: »Ich liebe dich.«

In alle Truhen ließ sie ihn schauen und bedachte nicht, daß ihr bald kein Geheimnis mehr bleiben würde. Unsere sich hingebende Mama! Wenigstens ich wollte ihm ein Rätsel sein. Ich wurde finster in diesen Tagen. Ich schminkte mich, ich konnte es noch nicht gut, ich achtete darauf, es nicht zu übertreiben, in unserem Klo hängt ein Spiegel, dort herrschen die unbarmherzigsten Lichtverhältnisse, ich stand eine Stunde lang vor dem Spiegel, niemand vermißte mich, ich schminkte mich zu einer dezent ausgezehrten Halbwaise.

»Wie seh ich aus?« fragte ich ihn.

»Hübsch«, sagte er.

Ich hämmerte aufs Klavier ein. Er sagte: »Nett.«

Ich legte Mendels Rienzi auf und stellte die Boxen ins Stiegenhaus. Er sagte: »Toll.«

Mama war nicht aus ihrem runden Glück zu bringen. Durch mich jedenfalls nicht.

Sie gönnten sich gemeinsame Bäder, mehrmals

am Tag. Sie ging nicht zur Arbeit. Ich mußte anrufen und sagen, sie sei krank, Grippe sei in unserer Familie ausgebrochen.

»Mach eine rauhe Stimme«, sagte sie, »dann klingt es, als hättest du mich angesteckt.«

»Du hast mich angesteckt«, sagte ich. »Ich bin auch nicht in die Schule gegangen.«

»Ach?« sagte sie.

»Rufst du für mich in der Schule an?« sagte ich.

»Ach«, sagte sie, »Samstag! Am Samstag fängt kein Lehrer etwas Neues an.«

»Es ist heute nicht Samstag«, sagte ich, »es ist Dienstag. Ich habe am Samstag gefehlt und am Montag und heute auch. Man wird sich wundern. Sicher schicken sie jemanden vorbei, wenn du nicht gleich anrufst.«

»Vasko soll anrufen«, sagte Mama.

»Soll ich?« fragte er.

Er hätte es getan. Für einen Augenblick erwachte sie. »Nein«, sagte sie, »das mache ich schon.« Und dann rief sie in der Schule an und legte eine so kalt präzise Lüge hin, daß mir der Mund offen blieb. Es sei etwas Psychosomatisches mit mir. »An die Seele traut sich kein Lehrer«, sagte sie. »Soeben habe ich dir eine bequeme Ausrede für die ganze folgende Schulzeit geschaffen.«

Zum ersten Mal kam mir der Gedanke, daß

Vasko sie nicht weniger bewunderte als sie ihn. Er war begeistert, krallte seine Finger in ihr Haar und wiederholte nah vor ihrem Gesicht den Satz, daß sich kein Lehrer an die Seele traue.

»Findest du mich gut?« fragte sie und genierte sich nicht.

Es roch nach Mandarinen im Haus und nach intoleranter Gesundheit. Nach unbändig zufriedenem Schweiß. Ich war krank. Sie seiften sich gegenseitig ein, vergaßen die Badezimmertür zuzumachen. Ich hörte, wie sie es im Wasser miteinander trieben. Und Mama schrie wieder. Gemeinsam verließen sie das Badezimmer, eingehüllt in ein Badetuch. Ich putzte die Wanne mit Scheuermittel und zupfte Haarfilz aus dem Ausguß.

Mama lag im Wohnzimmer auf der Couch und verlangte eine Zudecke. Sie war nackt, ihre milchweiße Haut auf der moosgrünen Couch. Vasko saß neben ihr, lächelnd, er war in seine Hose geschlüpft, ein bleicher Oberkörper. Er massierte mit den Daumen Mamas Fußsohlen.

»Laß mich ein Foto von dir machen«, sagte sie. »Wer weiß, vielleicht wollen die bei der Bank eines haben.«

»Wie soll ich schauen?« fragte er.

»Wie du willst. Stell dich an die Säule. Oder Bruna, komm, mach ein Bild von uns beiden.«

»Für die Bank?« fragte ich.

»Das ist doch ein Spaß«, sagte sie.

»Und was soll bitte ein Kreditkonto sein?« fragte ich.

»Es ist doch ein Spaß«, sagte sie.

»Es gibt dieses Wort gar nicht«, sagte ich. »Du redest einfach drauflos. Es gibt kein Kreditkonto. Es gibt entweder ein Konto oder einen Kredit.«

»Aber wenn es doch ein Spaß war«, sagte sie in ihrer unberührbar guten Laune. »Mach ein Foto von Vasko und mir, Bruna. Damit ich es auf den Nachttisch stellen kann.«

»Ich kann aber nur Kopf und Hals photographieren«, sagte ich, es war mir peinlich. Ich knipste und drehte mich weg.

»Ich möchte einen Abzug von dem Foto haben«, sagte Vasco.

Da wurde Mama starr und stützte sich auf ihre Ellbogen, und ich konnte ihre schöne Brust sehen. »Und warum willst du das?«

»Zur Erinnerung«, sagte Vasko.

Da brach das Unglück über sie herein, und sie weinte, wie sie in den Tagen zuvor gelacht und geschrien hatte.

»Du bist mein Geschenk«, weinte sie. »Ich will mich nie an dich erinnern müssen! Und ich will nicht, daß du dich an mich erinnern mußt! Was weiß ich von dir, nichts, wehe, du gehst fort, ohne mir zu sagen, wohin ...« Achtete nicht darauf, daß ich zuhörte. Warum hätte sie auch darauf achten sollen.

Das Foto, Sonja, wenn du es sehen willst, es liegt unter Mamas Unterwäsche. Dorthin hatte sie es jedenfalls gelegt. Dort lag es noch, als ich auszog. Ich glaube nicht, daß es ihr noch etwas bedeutet. Ich nehme an, sie hat es einfach vergessen. Du kennst doch unsere Mama, sie mag es gern, wenn ihre Wäsche frisch gewaschen riecht, darum nimmt sie immer die Unterhosen von oben, die, die unten liegen, hat sie seit Jahren nicht mehr in Händen gehabt. Wenn du wissen willst, wie deine Mama und dein Papa ausgesehen haben wenige Monate, bevor du gezeugt worden bist, dann schau nach in Mamas Schrank, Sonja.

Zu mir, Sonja: Mein Mund war das Problem. Zu groß. Lachen sollte ich lieber nicht. Mund zu, Augen auf. Wenig reden. Und wenn ich doch etwas sagen muß, dann möglichst viele Worte mit »o« verwenden. Daß er sich nur ja nicht denkt, was ist das für ein Riesenmund für ein Kind, wie wird das erst, wenn sie eine Frau ist. Dein Mund, Sonja, ist auch groß, aber schmal und lang, ein feiner Schlitz, der ironisch aussieht, auch wenn du kein ironischer Mensch bist, sei froh, Sonja. Ich saß im Garten, sah, wie sich die Bäume gegenseitig an den Ästen berührten, so dicht standen sie. Ich hörte die Amseln sich zupfeifen, eine gab ein Thema vor, die anderen stimmten ein. Vasko sagte, er wäre, wenn schon überhaupt ein Tier, gern eine Schwalbe. Ich wäre auch gern eine Schwalbe gewesen. Der Himmel zwischen den Blättern war blaßblau. Zwei elegante Flugbögen, und ich, die Schwalbe, hätte unseren Garten verlassen. Weiße Wolkenbänder streiften die Bergspitzen. An unserem wilden Kirschbaum schlängelte sich eine Rose empor, brennend rot leuchteten die Blüten. Rote Lämpchen für ein Fest. Mama hat nie ein Fest gegeben in unserem Haus, obwohl da oft einer kam und sagte, warum gibst du nicht einmal ein Fest, wenn man so ein großes Haus für sich allein hat, muß man ein Fest geben. Sie hatte Angst, hinterher sagt einer, das war aber ein Scheißfest, das hätte man sich sparen können.

Ich saß am unteren Bildrand, kaum sichtbar. Das Elend streifte mein Herz. Sie rief mich durchs Fenster, ich solle zum Essen kommen. »Warum rufst du denn, Mama, ich sitze ja hier auf der Terrasse, hier, mitten vor deinem Gesicht, siehst du mich denn nicht?«

Tausende Bergfinken verfinsterten den Himmel

an meinem Gemüt. Dieses Phänomen existiert in den Alpen. Allerdings nur im späten Winter. Niemand wußte das, zu Hause nicht, in der Schule nicht, nur ich wußte es, und man hat mir nicht geglaubt, und man hat sich entschuldigt bei mir, als ich den schriftlichen Nachweis erbrachte. Bergfinken fliegen zu Tausenden auf, weil sie hungrig sind. Ihr Schwirren erfüllt die Luft. Fünftausend Vögel am niederen Himmel, das ist die Wahrheit. Und oben erfrieren sie. Tausend winzige Vogelleichen düngen den Boden, und wir trinken das Quellwasser. Aber was nützt es einem, wenn man recht hat.

Ich wollte ja nicht dasitzen und auf den Verfall meiner Mutter warten, darauf, daß sich die roten Äderchen auf ihren Schenkeln ausbreiteten, daß ihre Oberarme schwammig würden und sie ihre Reißverschlüsse nicht mehr zubrächte. Daß sie ihr Hirn mit Hungerkuren endgültig austrocknete. Sollte ich darauf warten, daß Vasko mit seinem Kunstlederkoffer im Hausflur steht und sich von ihr verabschiedet? Dann hätte ich ihr mit einem Papiertaschentuch die Winperntusche von ihren Wangen wischen, ihr die Nase putzen, sie zu ihrem Lieblingsstuhl führen müssen wie eine Verwirrte, die Hand hätte ich ihr halten müssen, ihr eine Ovomaltine zubereiten.

Vasko hatte fast nichts an Besitz. Alles, was ihm gehörte, paßte in seinen Kunstlederkoffer. Der war an den Ecken bis aufs Gewebe abgewetzt. Kein schönes Ding, gelblich. Ich öffnete ihn, als ich allein zu Hause war. Ich will erzählen, wie es kam, daß ich allein war, Sonja. Laß mich das erst erzählen …

Mama hatte Vasko jauchzend dazu überredet, mit ihr ein Konzert von Bo Diddley zu besuchen, von dem sie rasend begeistert sei, weil er schon seit vierzig Jahren immer das gleiche spiele, was mir nichts sagte, und Vasko sagte es auch nichts, aber mich hatte sie gar nicht gefragt, ob ich vielleicht auch mitgehen möchte, Vasko war höflich und sagte: »O ja, gern gehe ich mit, wenn du es dir wünschst.«

»Nur meinetwegen tust du es?«

»Aber ja.«

»Ah«, sagte sie, »ist das gut oder weniger gut?« Und sie sah alleingelassen aus, ein Mensch, der in einem fremden Land aufwacht und nicht mehr weiß, ob er sich auf seine Augen und Ohren verlassen kann.

Vasko lächelte und hob eine Braue. – Man muß das können, ich kann das nicht, du bist seine Tochter, Sonja, du wirst das von ihm mitgekriegt haben. Du mußt es trainieren, es kann von Vorteil sein, wenn man das kann. Immer wenn du nicht weißt, was du sagen sollst, weil du es allen recht machen willst, dann hebe eine Braue, man wird dich für hintergründig bis an den Rand von Weisheit halten.

Mama besorgte Haschisch. Man müsse Bo Diddley eingeraucht hören, man könne gar nicht anders, sagte sie, sonst sei er nämlich nicht auszuhalten, man werde sonst schlicht verrückt, weil er nämlich seit vierzig Jahren immer dasselbe spiele.

Vasko sagte: »Ich rauche nicht.«

Da war sie enttäuscht, stand da, ihre rosa Schlafzimmerschlappen schauten wie eingeklemmte rosa Zungen quer unter ihren Füßen hervor, und ein bißchen wütend war sie und sagte: »Ich habe mir so viel Mühe gegeben, Vasko, und jetzt...«

Ich sagte: »Haschischrauchen ist kriminell, Mama, man kann nicht beleidigt sein, wenn einer nicht mitraucht, man kann sich vielleicht freuen, wenn einer mitraucht, aber man kann nicht beleidigt sein, wenn einer nicht mitraucht, kapierst du das?«

Sie zog eine Lippe und hob einen Fuß, als wollte sie aufstampfen, und schniefte: »Tadle deine Mutter nicht, wenn sie sich eine Freude ausdenkt. Haschischrauchen ist nicht ungesund. Haschisch wird sogar in manchen Fällen gegen Asthma eingesetzt. Da kannst du jeden Arzt fragen. Ruf an. Ruf den Dr. Waibel an. Wenn er ehrlich ist, wird er dir das bestätigen.«

»Sie kapiert nichts«, sagte ich zu Vasko hinüber und polterte in mein Zimmer hinauf.

Zwei Minuten später klopfte es an meiner Tür, leise, dreimal in gemessenen Abständen. Ich dachte, das ist sie, sie mit ihrem schlechten Gewissen, das absolut unerträglich ist, bis heute ist es mir absolut unerträglich, weil es nämlich nur darauf abzielt, ein neues schlechtes Gewissen zu erzeugen, nämlich bei mir. Aber sie war es nicht, es war Vasko.

Er sagte: »Bruna.« Er sagte es mit starker, kurzer Betonung auf dem »u«.

»Vasko«, sagte ich. Und absichtlich habe ich dem Wort keinen Frageton unterlegt. Mitten im Wort fiel mir das ein, nämlich daß ich versuchen könnte, seinen Namen ohne Frageton auszusprechen. Und was wohl die Wirkung sein würde. Mit Frageton wäre die Wirkung klar, es würde heißen »Was kann ich für dich tun, Vasko?« oder »Was willst du, Vasko?« Mitten im Wort war mir nämlich aufgefallen, daß auch er meinen Namen ohne Frageton gesagt hatte, und ich interpretierte das so: »Endlich, Bruna, endlich, bin ich allein mit dir.« Darum entschied ich mich, auch seinen Namen ohne Frageton am Schluß zu sagen. Das sollte heißen: »Endlich, Vasko, endlich bin ich allein mit dir.«

Er steckte die Hände in die Hosentaschen, schob die Unterlippe ein wenig vor, lächelte und zuckte mit den Schultern. Ich brachte kein Wort heraus. Er wohl auch nicht. Er schaute von meinem Scheitel über meinen Mund zum Hals, an meinem Herzenszustand vorbei auf den flachen Bauch, bis hinunter zu meinen nackten Zehen.

Wir warteten. Seine Haare waren verstrubbelt. Das waren sie vorher nicht gewesen. Hatte sie sich also an ihn gehängt in diesen knappen drei Minuten, hatte seinen Kopf an ihre Brust gedrückt und seine Haare von den Ohren aufwärts durch ihre Finger gezogen. Und er hatte es sich gefallen lassen. Und auf einmal konnte ich Mamas Frage verstehen – »Nur meinetwegen tust du das?« Man wünschte sich mehr Egoismus von ihm. Und glaube mir, Sonja, auch wenn es gar nicht paßte und so unsäglich widersinnig war, für einen winzigen Augenblick war er mir unheimlich, und ich ekelte mich sogar vor ihm. Er war mir unheimlich, weil ich dachte, er tut seinen Liebesdienst bei uns, wie wenn es ein Auftrag wäre, wie wenn es ein Job wäre, ein glatter Professionalist, der es gewohnt ist, sauber zu arbeiten, ohne Spuren zu hinterlassen. Und ich dachte: Wer aber ist sein Auftraggeber? Und warum das alles? Und warum gerade bei uns das alles? Und dann dachte ich mir: Was, wenn er keinen Auftraggeber hat, wenn er gar keinen Auftrag ausführt – wenn er so ist? Und da ekelte es mich vor ihm, für einen winzigen Augenblick. Ich hätte weinen wollen.

Bewegungslos stand er in meinem Zimmer, blickte ins Leere, den Kopf leicht geneigt, wie ein Blinder wirkte er, zu dem man gesagt hatte, er solle so stehenbleiben, man werde ihn gleich abholen, er solle sich ja nicht vom Fleck rühren. Er hatte vorher die Tür ins Schloß gelegt. Er trug bereits seinen schwarzen, samtschlüpfrigen Anzug, nichts anderes besaß er, um zu einem Konzert zu gehen. Und wärs nicht Bo Diddley, sondern Beethoven gewesen, kein anderes Gewand hätte Vasko angezogen. Denn er besaß nur diesen Anzug. Alles hatte ihm Mama neu besorgt, Hemden, Pullover, Wäsche, Socken, Schuhe, vor seinem schwarzen, samtschlüpfrigen Anzug hatte sie Respekt, sie wagte es nicht, diesem Stück einen Konkurrenten an die Stange in ihrem Schrank zu hängen.

Ich dachte, er wartet, daß ich rede. Ich wartete, daß er redet. Ich lehnte mit den Kniekehlen an meinem Bett, verschränkte die Arme hoch auf der Brust, meine Oberschenkel spannten. Schließlich hob er den Kopf und schob wieder die Unterlippe etwas vor. Mir kam der Gedanke, ein häßlicher Gedanke, daß er einfach eine bestimmte Zeit verstreichen lassen wollte. Mein bestes, verfluchtes Talent ist, Leute zu durchschauen.

»Mama hat dich geschickt, damit du mit mir reden sollst«, sagte ich.

»Auch«, sagt er. »Aber *ich* möchte auch mit dir reden.«

»Du sollst mir sagen, ich soll nicht die Augen hinter ihrem Rücken verdrehen.«

»Auch«, sagte er.

»Und was willst du sonst noch mit mir reden?«

Er zuckte leicht mit der Achsel. Kein Gran Spott. Spott hätte ich verstanden. Dann nickte er und ging hinaus aus meinem Zimmer. Klinkte die Tür von außen vorsichtig ein.

Ich fühlte mich maßlos gedemütigt. Und als sie weg waren, in diesem Konzert, das seit vierzig Jahren das gleiche ist, da habe ich Vaskos Koffer durchwühlt. Ich hatte nicht mehr viel Respekt vor ihm, das ist die Wahrheit. Wie konnte er sich von ihr zum Verhandler machen lassen!

Und was für ein armseliger Koffer! Ich öffnete ihn mit Bedacht, prägte mir ein, wie er eingeräumt war, und nahm jedes Stück daraus in die Hand. Alles roch nach kaltem Zigarettenrauch. Warum eigentlich? Er war doch Nichtraucher. Waren das überhaupt seine Sachen? Sie paßten so gar nicht zu ihm. Gerippte Unterhemden. Gerippte Unterhosen. Schon der Koffer paßte nicht zu ihm. In ein weißes, muffiges Hemd war die Schmutzwäsche eingewickelt. Würde Vasko so etwas tun? Mama hatte ihm die neuen Sachen in ihren Schrank gehängt, daraus bediente er sich, den Koffer schien er vergessen zu haben.

Sein Toilettenbeutel roch modrig und nach einem Rasierwasser, das nicht das seine war, ein harter Waschlappen war da, hart wie eine Skulptur. Eine Zahnbürste war da. Mit welcher putzte er sich denn zur Zeit seine Zähne? Mit ihrer? Mit meiner?

Unter dem Waschbeutel fand ich seinen Paß und ein Adreßbuch. Das Paßbild, Sonja, zeigte das Gesicht deines Vaters in hündisch unterwürfiger Erfreutheit, ich muß es leider so ausdrücken. Ich stellte mir vor, daß das Bild auf einer Polizeiwache oder einer Grenzwache gemacht worden war, daß sich Vasko mit diesem Gesicht Vergünstigungen herausgerissen hatte oder zumindest herausreißen hatte wollen. Hoffentlich hat es ihm genützt. Hatte er den Hals eingezogen, oder bildete ich mir das nur ein? Die Augen waren so groß. War das lediglich auf das Blitzlicht zurückzuführen? Um den Mund war ein alberner Zug, so als hätte Vasco gerade über einen Scherz gelacht, über den er nur gelacht hatte, weil es für ihn »günstig« war, darüber zu lachen. Ich wollte mir das Bild kein zweites Mal ansehen.

Ich steckte den Paß wieder unter den Waschbeutel, das Adreßbuch nahm ich mit nach unten ins Wohnzimmer. Alle Nummern telephonierte ich durch. Es waren einige Auslandsnummern dabei und am anderen Ende der Leitung hörte ich eine Sprache, die ich nicht verstand, einige Frauenstimmen, einmal eine Kinderstimme. Ich hatte nicht den Mut, etwas zu fragen, nur bei dem Kind rief ich ein zweites Mal an und erkundigte mich nach Vasko Honca, und das Kind sagte: »Wir warten auf den Installateur, weil bei uns das Klo übergelaufen ist, jemand muß sofort kommen, es stinkt fürchterlich, die Mama weint in der Küche.« Ich sagte: »Du lügst. Es ist fast Mitternacht, da kommt kein Installateur.« Da schrie das Kind nach seiner Mutter, und die war sofort am Apparat, als hätte sie daneben gestanden und wäre gar nicht in der Küche gewesen und hätte geweint, Lügenpack, verdammtes, ist das der Stall, aus dem du zu uns ausgeritten bist, Vasko Honca. »Was gibts«, sagte die Frau mit zorniger Stimme. Ich legte auf.

Es kam vor, daß Vasko für vier bis fünf Tage verschwand. Den Koffer nahm er mit. Irgendwelche gemurmelten Begründungen ließ er da. Meine Mutter wurde unruhig. Kaum war sie von der Arbeit zu Hause, setzte sie sich ans Fenster und wartete. Sie war zurechtgemacht – für den Fall, daß er unverhofft kommen würde.

»Du sitzt im Fenster wie in Amsterdam die Huren«, sagte ich.

Und sie: »Woher weißt du, wie in Amsterdam die Huren im Fenster sitzen, sag lieber, ich sehe aus wie eine Kriegerwitwe, bitte, das wäre schmeichelhafter und doch auch schöner, oder? Warum willst du mir wehtun?«

Dann tat sie mir leid. »Du wehrst dich nicht, Mama«, sagte ich.

»Warum soll ich mich denn wehren«, sagte sie, bereits schluchzend. »Er tut mir ja nicht weh. Er ist nur weg, er hat zu tun.«

»Natürlich tut er dir weh, Mama!«

»Ah, wenn du wüßtest, wie lieb er ist, wenn das die Welt wüßte, die Welt, Bruna, die Welt!«

»Alle tun dir weh, Mama«, sagte ich.

»Aber nein«, sagte sie. »Wer tut mir denn weh, wer?«

»Ich zum Beispiel, Mama«, sagte ich ihr ins Gesicht.

»Aber du, Bruna«, sagte sie, »du«, und sie mußte nach jedem Wort einen großen Schluck Luft holen, »du, Bruna, du meinst es doch, du meinst es doch nicht so, oder? Sag doch, daß du es, daß du es nicht so meinst, Bruna.«

Und dann bat sie mich, ich solle ihr den genauen Wortlaut von Vaskos zurückgelassenem Gemurmel wiederholen. Und sie interpretierte und drehte jede Silbe so lange, bis sie eine »günstige« Seite zeigte.

»Mama«, sagte ich. »Mama, was arbeitet Vasko? Was tut er? Womit verdient er sein Geld, Mama?«

»Er kann nicht arbeiten wie ein gewöhnlicher Mensch«, sagte sie, »achte und ehre ihn, es gibt solche, die nicht säen und nicht ernten«, biblisch war ihr zumute. »Das sind die wahren, Bruna! Diesmal muß es klappen.«

»Mama«, sagte ich, »was ist, wenn es klappt. Was heißt das? Was heißt klappen?«

Sie weinte jetzt ungeniert und lauthals und aus ihrem ganzen Gesicht, wie ein Kind weinte sie. Hatte sie denn gar nichts gelernt in ihren sechsunddreißig Jahren, gab es denn nicht einmal so etwas wie eine Schmerzerziehung? Das ist doch leicht. Schmerz lernt man von selbst, da braucht man doch den Kopf nicht dazu. Sie stützte sich mit den Händen auf zwei Stuhllehnen, vorgebeugt weinte sie, damit die Tränen nicht ihr weißes Kleid benetzten. »Daß er mein Mann wird, Bruna. Mein Mann und dein Vater, Bruna! Das heißt klappen!«

Sie wollte, daß ich ganz nahe bei ihr war, rund um den Tag, rund um die Nacht, Unterlage geben mußte ich für ihre Streichelhände, ich schlief in ihrem Bett, auf derselben Seite, auf der Vasko geschlafen hatte, in seiner Bettwäsche, in seinem Geruch. Wieder wurde Schule geschwänzt, wieder wurde Arbeit geschwänzt, wieder wurde am Telephon geröchelt und geheisert und gelogen.

»Schimpf mich«, wimmerte sie, »meinetwegen, aber geh nicht weg, der Kühlschrank ist doch voll.«

Ich tobte an ihr mein Unglück aus, ich ließ sie unwichtige Gegenstände suchen, »sonst geh ich in die Schule«, beschuldigte sie, daß sie die Sachen versteckt hätte, spielte Panik, weil ich die Sachen angeblich dringend im Unterricht brauchte. »Ich muß zu Annemarie und mir ihre Sachen ausleihen.« Um was gings eigentlich? Ich weiß es nicht mehr. Wir wußten es schon nicht mehr, als wir danach suchten. Mama traute sich nicht zu fragen. Sie kroch auf dem Boden herum, hob Teppichohren auf, schob sich Kissen unter die Knie, blies den Staub unter den Schränken hervor.

»Geh nicht in die Schule, Bruna! Geh nicht zu

Annemarie, Bruna!« Für ein bißchen Glück unter den Händen riskierte sie ihren Verstand. Sie schenkte mir ihre blütenweiße Unterwäsche und kaufte sich schwarzseidene, ich an ihrer Seite. Zu Hause probierte sie alles aus, ich schlüpfte aus meinem T-Shirt und umarmte meinen mageren Oberkörper. So würde sich das anfühlen.

»Vielleicht«, sagte ich, »gelingt es dir, ihn zu mästen, so daß ihn keine Frau mehr will.«

»Um Gottes willen, woher weißt du etwas von einer anderen Frau?« schrie sie.

Ich malte mir mit Schrecken aus, daß wir überschnappen könnten, beide im selben Augenblick, als würde im oberen und im unteren Stock im selben Augenblick das Licht ausgehen. Niemand wäre da, der es uns sagte, wir würden es gar nicht merken. Ursprünglich seien wir großzügige Naturen gewesen, würde es heißen.

Ich setzte mich an meinen Schreibtisch mit der aufklappbaren Platte. Ich hätte Lust gehabt, an Vasko einen Brief zu schreiben, einen Mutter-Tochter-Abschiedsbrief. Wie geschickt Bert diesen Tisch gezimmert hatte! Sollte ich ihn anrufen und mich bei ihm ausweinen? Ein Abend mit Bert, und Mama und ich wären uns wieder etwas wert gewesen. Ich wußte, er wohnte mit einer etwas krummen Frau zusammen, die zwei kleine, fremde, krumme Kinder hatte. »Wäre ich ein Löwe«, sagte er, »ich hätte den beiden längst schon die Nacken durchgebissen.« Ich hatte ihn einmal getroffen, als er auf dem Weg zum Kindergarten war, er hatte das Fahrrad geschoben, hinten ein Kind, vorne ein Kind, beide in Sitzen, die ihnen längst zu klein waren. Als Mensch überlege er sich die Anschaffung eines Sattelschleppers, sagte er. Bert hatte eigene Probleme, das war seinem fahrigen Blick anzusehen, er hatte mich gefragt, ob alles gut laufe, und ich hatte gesagt, wie geschmiert. Lieber, lieber Bert.

Dann kam Vasko zurück. Gesprächiger war er geworden. Bei meiner Kofferinspektion fand ich frische Wäsche vor, Paß und Adreßbuch waren nicht mehr an ihrem Platz, sie steckten in einem Seitenfach. Wer wusch für ihn?

Meine Mutter legte ihr ganzes Gewicht auf seinen ausgestreckten Körper, ich haßte es, sie verschränkte ihre Finger mit den seinen, breitete unter ihr seine Arme aus, lag auf ihm wie auf dem Gekreuzigten. Strampelte sich schließlich die Kleider vom Leib. Schlafzimmertür offen, ich draußen. Schau zu mir, Vasko. Tat er nicht. Feiger Hund, Augen zu. War Mamas Busen größer geworden?

Zu Mutters Schlafzimmer sagte er von nun an

Arbeitszimmer. Das Telephonkabel war wie ein Sprungseil vom Bett zur Tür gespannt. – Und mir, Sonja, mir raste das Herz. Und ich wollte die Wände hinauf.

Elmar, ein Schulkollege, der als der schönste von allen galt, Schulprinz, einen Gang wie in Musik gehüllt, Honigstreifen im Haar und ein Prachtgebiß, er spürte, daß etwas mit mir los war, wahrscheinlich weil ich ihm gefiel. Es sei mein Mund, wurde mir kolportiert. Ja, ja, der. Er wollte mit mir gehen. Elmar interessierte sich für Schlangen und sparte auf ein Exemplar aus der Tierhandlung. Einstweilen züchtete er Futtermäuse, die waren billiger. Elmar nahm mich in den Keller seiner Eltern mit. Es war dämmrig und roch nach faulen Kartoffeln. Die Futtermäuse flitzten wie weiße Taschentücher vor meinen Augen herum. Sie bedeuteten mir gar nichts. Ich kam mir erfahren vor und desinteressiert an Schlangen und Mäusen, mir gefiel die Vorstellung, daß ich ihn hier unten im Keller seiner Eltern verführt. Ich drückte ihn an die Wand, und er machte sich so schmal, daß ich ihn schon im Mauerwerk verschwinden sah. Sein weniges Sperma klebte wie Patentleim, und ich überlegte, ob ich es an ihm oder an mir abwischen soll. Trocknet es ein und bröselt ab?

In dieser Nacht, oder wars in der nächsten, blieb ich aus. Ich sehe mich mit eingezogenen Schultern, Sonja. Und den Elmar, der mir gefiel, natürlich gefiel er mir, wie denn nicht, wo er doch der Schönste war, dein Vater, Sonja, hat ihn mir von den Augen weggezogen, ich habe den Elmar nicht einmal richtig beachten können, mich weiden können an seiner Schönheit und seiner Verliebtheit.

Zum ersten Mal in meinem Leben, ich war nun fast fünfzehn, kam ich am Abend, ohne daß ich meiner Mutter vorher etwas gesagt hätte, nicht nach Hause. Ich erinnere mich nicht einmal, bei welcher Schulfreundin ich geschlafen habe. Ich weiß nicht mehr, was wir am Abend gemacht hatten, ob Elmar dabeigewesen war, ein zarter, dünner Schatten, ob noch andere aus unserer Klasse dabeigewesen waren. Ich weiß es nicht.

Elmar kommt mich manchmal in der Bibliothek besuchen. Donnerstagnachmittag hat er frei, legt seine Hände mit den weißen Monden flach auf meinen Schreibtisch, das hat etwas Endgültiges, er ist Drogenberater heute, tätig in Koordination und Organisation, und hat immer noch blinkende Zähne und hat einen Stiefsohn aus erster Ehe seiner Frau, für den will er einen Ferienjob in unserer Bibliothek, ich glaube, ich kriege das hin. Von früher reden wir nicht. An den Keller wird er sich erinnern, nehme ich an, an die folgende Nacht wohl nicht, gewiß nicht.

Merkwürdigerweise erinnere ich mich an ein Fahrrad, das sehe ich vor mir. Ein Herrenrad, ein sogenanntes Waffenrad der Marke Steyr. Ein altes, hellblaues Rad mit einem schwarzen, flügelartig geschwungenen Kettenschutz aus Blech, einen dickrohrigen Gepäckträger, einer Lenkstange wie amerikanische Kuhhörner. Auf diesem Rad war ich, daran erinnere ich mich, morgens um fünf nach Hause gefahren. Es war Mitte Mai, schon war es hell im Osten über den Bergen. Es war eine Euphorie in mir, heute würde ich sagen eine Hysterie, oder es war, weil ich nicht geschlafen hatte. Hatte ich gar nicht geschlafen? Ausgehöhlt fühlte ich mich, ausgelöffelt mit einem halbkugeligen Eislöffel, großzügig verschwendet, ein Opfer war ich gern. Wer hatte mir das Fahrrad geliehen? Elmar? Ich weiß es nicht mehr. Die Amseln machten ihren Lärm, Spottflöten, die vernünftig waren in ihrer Sache.

Ich war mir nicht mehr sicher, ob ich noch leben wollte, Sonja. Unsere Mama, Sonja, die sagt, ich will nicht mehr leben, und meint damit, so für die nächsten paar Stunden müßt ihr schauen, wie ich über die Runden komme, wie sich meine Blusen bügeln, wie sich ein blödes, überstürztes Abonnement abbestellt, wie sich endlich »Anna Karenina« zu Ende liest, stimmt doch, so macht sie es, und dann hebt sie die Rumflasche an den Mund. Aber ich? Mit Fünfzehn? Schwerunfall mit einem Herrenrad? Allein der Gedanke an den achtzigprozentigen Rum, der in einer Ecke in der Speisekammer stand, wie ein Drohteufel, hellrotbraun wie gewässerte Cola, das Zerrbild des Erlösers, allein der Gedanke an den Geruch hob mir den Magen.

Und da kam mir, auf meinem Fahrrad, Vasko entgegen. Er trug Mamas Jeansjacke und eine enge, schwarze Mütze auf dem Kopf, und seine Wangen waren unrasiert. Wir stiegen nebeneinander von den Rädern, es war ein schmaler Fahrweg, links von mir die Mauer des Bahndamms, rechts ein Mäuerchen um einen Gemüsegarten, der ein Vorbild war und bis heute noch ist, und immer noch, wenn ich daran vorbeigehe, meistens, manchmal, denke ich an diesen Morgen, eigentlich selten nur noch denke ich daran.

Nachdem ich Vaskos Todesanzeige gelesen hatte, nahm ich mir vor, mit Judys Fahrrad die Strecke abzufahren, mein Fahrrad ist im Winter gestohlen worden. Ach, Sonja, ich könnte mir auf den Kopf trommeln. Vasko war so außer Atem, daß er erst kein Wort herausbrachte, in Gier nach

Luft zog er die Mundwinkel nach unten, die Augen traten ihm aus den Höhlen. Er stand spreizbeinig über meinem Fahrrad.

»Ich suche dich seit zwei Stunden«, keuchte er. »Ich dachte, es ist dir etwas zugestoßen. Ich bin verrückt vor Angst, Menschenskind.«

Nicht laut redete er, und dieses »Menschenskind«, das war sein einziger Fluch.

»Menschenskind«, sagte ich, weil ich das Wort nachmachen wollte.

»Menschenskind«, sagte er wieder, so wortlos und hilflos und mit wenig Luft nur. Zu genau war sein Blick auf mich gerichtet. Und da wußte ich es, aber es löschte sich gleich wieder aus in mir. Wie der Geruch von Kren, man denkt, das Hirn wird einen Schaden davontragen, und schon zehn Sekunden danach ist es vorbei, und man kann sich kaum noch daran erinnern. Ich wußte, daß er sich in mich verliebt hatte, das meine ich, Sonja. Und schon zehn Sekunden später konnte ich nicht mehr nachvollziehen, wie dieser Gedanke in meinem Kopf geschmerzt hatte.

Wir fuhren nebeneinander nach Hause, hör mir gut zu, Sonja, er legte seine Hand auf meinen Rücken, ließ nicht ab, bis wir zu Hause waren. Es war keine zärtliche Geste, hatte gar nichts damit zu tun, im Gegenteil, es war eine Versicherung, wenn ich in die Pedale getreten wäre, hätte er mich an meiner Jacke festgehalten.

Wir stellten die Räder vor dem Haus ab. »Hast du Geld bei dir?« fragte er. Schaute seitlich von mir weg, zog die Wollmütze in die Stirn, ein Blinder, weil er nicht sehen wollte.

Zu Fuß gingen wir zum Bäcker, er hinter mir her, beide angeschlagen von der Herrlichkeit dieses Morgens, ich kaufte Semmeln ein, wir sprachen kein Wort zueinander. Er wartete an der Ladentür, hielt mir die Tür auf, ging wieder einen halben Schritt hinter mir, mein Polizist. Als kleine Erholung aus unserer Enge starrten wir das schwarze Männerrad an, das in humorloser Stattlichkeit neben meinem hellblauen an der Hauswand lehnte.

»Komisch«, sagte er, schloß die Haustür auf, mit seinem eigenen Schlüssel, den Mama gleich nach dem ersten Wochenende hatte anfertigen lassen.

Er setzte das Kaffeewasser auf in der Küche, schob zwei Tassen auf den Tisch, zwei Teller, vorwurfsvoll, da nimm, das auch noch, nach allem, was du mir bereits angetan hast, so in etwa. Ich schaltete das Radio ein, er schaltete das Radio aus. Papiere fielen auf den Boden, alte Post.

»Warum ist alles so dreckig bei euch«, sagte er.

»Bei uns ist doch nichts dreckig«, sagte ich. »Es liegen viele Sachen herum, aber es ist nichts drekkig.«

»Das Radio ist zum Beispiel voll Mehl. Ihr schwitzt an den Fingern, und dann klebt das so.«

»Bei uns schwitzt niemand an den Fingern.«

»Aber das Radio ist voll Mehl.«

»Weil es gern beim Backen gehört wird, das kann man abwischen.«

Er nahm ein Küchentuch aus der Lade, machte es an einem Ende naß und fing an, am Radio herumzuputzen.

»Hör auf«, sagte ich.

»Wo soll man auch anfangen bei euch«, sagte er.

»Es hat dich jedenfalls bisher noch nie gestört«, sagte ich.

Ich schenkte Kaffee ein, gab Milch bei ihm dazu und Zucker, ich habe den Kaffee von Anfang an schwarz und bitter getrunken. Wir konnten ausschnaufen.

»Sucht mich Mama noch?« fragte ich.

»Sie schläft«, sagte er.

»Warum sorgst du dich, wenn sie sich nicht sorgt«, sagte ich.

Er warf mir einen Blick zu, und ich erschrak, denn ich glaubte, es bleibe mir keine andere Möglichkeit, als diesen Blick dahingehend zu interpretieren, daß Mama ihren Kopf nicht richtig beisammen hätte. Er mag sie nicht, dachte ich.

»Sie kennt mich«, sagte ich in meine Kaffeetasse hinein.

Er stieß die Luft aus der Nase. Der Jammer faßte mich an. »Arme Mama«, sagte ich, und da sah er mich nun direkt an, erstaunt, gleich würde er »Menschenskind« sagen, aber er sagte es nicht, und ich konnte bis auf seinen Grund hinunterschauen, es war gar nicht tief.

»Was ist?«

Du staunst, du Hund, weil du denkst, wie kann es möglich sein, daß ihre eigene Tochter nicht merkt, was mit ihrer Mutter los ist, daß sie nicht alle Tassen im Schrank hat, die.

»Warum schaust du mich so an?«

»Schau ich?« sagte er, und sein Blick flatterte ab.

Ich spürte, wie mein Nacken schweißig wurde und kalt, nein, ich will nicht, daß du Mama für arm und verrückt hältst, dachte ich, du nicht, Vasko, bitte nicht, sonst ist der Donner über mich gesprochen.

»Was soll ich sagen«, begann er und hörte auch schon wieder auf.

Ich ließ eine Weile verstreichen. »Ich weiß doch nicht, was du sagen sollst.«

»Wegen deiner Mutter«, sagte er.

Ich zog die Schultern ein. Ich wollte schon noch ein paar Schläge weiter, ich habe ja mein Ufer noch gesehen. Kurz verschnaufen nur.

»Ich habe einen Freund«, sagte ich, und meine Stimme klappte hoch beim letzten Wort, wie von einer Feder geschnellt. »Bei dem war ich.«

»Aha«, machte er. »Kann sein.«

»Warum soll es nicht sein können?«

»Komisches Fahrrad«, sagte er.

»Ich war eben in der Nacht bei meinem Freund.«

Er legte Besteck auf, das nicht gebraucht wurde, dein Vater, Sonja. »Ich glaube dir das nicht«, sagte er, stand dabei hinter mir, ich saß. Direkt und grob redete er, ich drehte mich zu ihm um, er wehrte meinen Blick ab mit seinen unruhigen Lidern, stopfte schnell das Guckloch zu. »Ich, ehrlich, ich dachte, du bist abgehauen«, sagte er.

Nicht schön sah sein Kopf aus, die von der Mütze und dem Schweiß eng anliegenden Haare. »Ich dachte nicht, daß dir etwas zugestoßen ist. Wenn ich ehrlich bin, ich denke nicht, daß dir etwas zustoßen kann. Ich dachte, du bist davon.«

»Und warum denn, Vasko?«

»Was warum denn?« Jetzt hörte ich heraus, daß er sich Grobheit verschrieb wie ein Rezept gegen Fieber. Er setzte sich und machte mich nach, in seiner Haltung machte er mich nach, holte alles zu sich, schnürte sich zusammen.

»Warum soll ich denn davon, Vasko?« sagte ich. »Mama und ich haben es schön, sehr schön sogar. Man kann sie mit keiner anderen Frau vergleichen, aber das ist doch gut, oder? Findest du sie anders? Aber das wäre doch gut, oder? Ich will, daß sie unter mir einzieht, wenn ich eine eigene Wohnung habe, das will ich.«

»Ich«, sagte er, tat, als wäre seine hohle Hand ein Schiffchen in einer Badewanne, »ich dachte, ich bins, verstehst du«, grinste dazu, »daß ich der Grund bin«, nichts läßt sich gut machen, was willst du denn ins Harmlose hinübergrinsen, Vasko Honca, was denn? Er strich Buttersemmeln, eine Hälfte für mich, eine Hälfte für sich, eine Hälfte für mich, eine Hälfte für sich, hatte der Mann noch nie getan.

Aber wir aßen nicht. Auf der Spülmaschine lagen Mamas Marlboro und ein metallicblaues Feuerzeug. Vasko zog zwei Zigaretten aus der Schachtel, klemmte beide zwischen seine Lippen und zündete sie an, mit großer, rußender Flamme.

»Wir rauchen doch nicht«, sagte ich, und wir rauchten. Scharf war es im Mund, ich aß Semmel dazu.

»Kann ich Honig haben?«

Er sprang auf, daß Mamas Jeansjacke von der Lehne fiel, dankte für den Themenwechsel mit prompter Fügsamkeit. Das wird schlimmer werden mit der Zeit, mußte ich denken.

»In der Speisekammer«, sagte ich.

Er fand den Honig nicht. »Vor deiner Nase«, sagte ich.

»Das Helle da ist Honig?«

»Das ist Honig, ja.«

»Was für Honig denn?«

»Kleehonig.«

»Sieht aus wie Kunsthonig.«

»Ist garantiert keiner.«

»Sicher gesund.«

»Honig ist um kein Haar gesünder als Zucker«, sagte ich. »Hat unser Biologielehrer herausgekriegt.«

Er bestrich unsere Semmelhälften. Er war nicht mehr der strahlende Komet, der sich stumm und rätselhaft durch unseren Himmel bewegte. Eine bäuerliche Hübschheit war in seinem Gesicht, eine Enge, keine Spur mehr von seinem scharfkantigen Charme.

Irgendwann beim Hineinbeißen fragte ich und hätte es nicht tun sollen, Sonja: »Bist du verliebt in Mama?«

»Schwierig zu sagen«, sagte er und ließ die Semmelhälfte fallen, die er in beiden Händen gehalten hatte, und über die halbe Zigarette ließ er Wasser laufen. Er sah mich an, und seine Augen hatten etwas zutraulich Verzagtes.

»Das verstehe ich nicht«, sagte ich. Die Tränen stiegen in mir hoch, ich hätte sie gern verteidigt, unsere Mama. Unsere Mama, Sonja, was hätte sie geschrien über diesen Satz aus seinem Mund! Und hätte Achtzigprozentigen in sich hineingestürzt.

»Warum magst du sie nicht?« schluchzte ich. »Warum nicht, Vasko! Sie ist so schön, und sie verehrt dich und liebt dich und tut alles und gibt alles.«

Es war kein Werben für sie, das war mir gallbitter klar, ein Verderben war es. »Sie mag dich«, sagte ich, in abschließendem Ton, schnell und laut, als wärs der letzte Satz im Plädoyer eines Anwalts, der weiß, daß sein Klient verurteilt wird, der nichts weiter mehr will, als den Schein zu wahren, er habe sein Bestes getan. Darum herum, Vasko, um dieses welke Sätzchen, bauen wir auf, bringen wir sie um. Lassen wir sie doch leben, Menschenskind!

»Ich mag sie auch«, sagte er, »bitte«, verzog das Gesicht und machte mit beiden Händen Gesten, als wollte er eine aufrührerische Meute besänftigen, »ich will nicht, daß sie uns hört. Bitte, Bruna!«

Ich muß stark sein wie bei einer Todesmeldung,

denn es wollte aus mir herausbrechen, genauso lauthals und ungeniert und aus meinem ganzen Gesicht wie bei Mama, nichts haben wir gelernt in unseren fünfzehn und sechsunddreißig Jahren. Was soll das denn heißen: Schmerzerziehung? Ich stützte mich mit den Händen auf den Küchentisch, vorgebeugt weinte ich, die Tränen fielen auf meine Semmel.

»Weil ich feige bin«, sagte er.

»Genau«, sagte ich.

»Ein feiges Schwein«, sagte er.

»Genau«, sagte ich.

»Ein blödes, feiges Schwein.«

»Genau, genau«, weinte ich.

»O Gott«, sagte er und biß in seine Semmelhälfte, »o Gott«, noch einmal, um das erste leichter zu machen, »Menschenskind«, starrte auf die Semmel, die er da festhielt an ihren Rändern mit zwei Daumen und zwei Zeigefingern, die Ellbogen auf den Tisch gestützt, Sommersprossen auf den Unterarmen. Mamas Jeansjacke nahm einen großen Teil des Küchenbodens ein, wie der Überrest einer Rauferei, ich sah Vaskos Herz unter seinem T-Shirt, unter seiner Haut schlagen, wie spuckende Luftblasen in einem Sumpf.

Ich weinte und kaute Honigbrot. Er kaute Honigbrot und sagte nichts mehr. Seine Augen hatten sich wieder im Leeren verfangen. Als Mama zur Tür hereinkam, schickte er mir einen schnellen Blick zu, den ich nicht deuten wollte, weil ich nichts mehr deuten wollte an diesem Morgen.

»Habt ihr geraucht?« fragte sie voll bekiffter Heiterkeit. »Das finde ich schön. – Na«, sagte sie zu Vasko, »sie könnte eine Woche lang weg sein, ich würde mich um sie weniger sorgen als um dich, wenn du einen Tag weg bist.« Ich wußte, daß sie das als ein Kompliment an mich meinte. »Weine nicht mehr, Brunaschatz«, sagte sie zu mir. »Er war nervös. Er hat nicht geschlafen. Er wollte dich nicht schimpfen. Er hat es nicht böse gemeint.«

»Er war gar nicht böse, Mama«, sagte ich. Aber was nützt es einem, wenn man recht hat.

Wir standen auf einem Parkplatz, und Vasko kontrollierte das Öl. Sommerregen und Abend. Zwei Monate später, Ende Juli, meine Ferien. Das Auto war geliehen, wer weiß von wem, ich wußte es jedenfalls nicht, wir waren über der Grenze in der Schweiz gewesen und hatten uns die Via-Mala-Schlucht angesehen, und dann auf dem Rückweg, ein paar Kilometer vor zu Hause, leuchtete die Öllampe auf, und Vasko fuhr auf einen Parkplatz. Zwei Polizisten waren auf einmal da. Führerscheinkontrolle. Vasko sagte, das sei nicht sein

Auto, ausgeliehen, Führerschein habe er, hier bitte, aber Zulassung nicht, weil vergessen.

»Interessant«, sagte der Polizist.

Das Auto wurde überprüft, ein Stinkkasten. So wie das aussehe, sagte der Polizist, könne es Vasko grad stehenlassen.

Warten.

Ein Gewitter zog auf. Richtung Schweiz blitzte es bereits, bei uns donnerte es noch ins Trockene. Und dann kübelte der Regen vom Himmel. Es war uns nicht gestattet, in unser Auto zu steigen.

»Die Arschlöcher haben doch den Zündschlüssel«, sagte Mama.

»Bitte«, sagte Vasko.

Ich sagte nichts.

Unsere Kleider waren durchnäßt. Mama klebte an Vasko, ich stand allein und fror nicht sehr. Der andere Polizist, ich sah sein Gesicht nicht, weil das Wasser vom Himmel dazwischen war, winkte uns zum Polizeiauto, ein Kleinbus. Wir sollten einsteigen.

Innen war es schwül. Das war sehr angenehm. Wir saßen zu dritt auf der Rückbank und dampften, Mama in der Mitte wie für einen Schnappschuß. Sie kann von keinem Unwetter verwüstet werden. Wir redeten leise miteinander wie Verbrecher, was werden wird, dann schlief Mama ein.

Wenn sie aufgeregt ist, wird sie müde. Ihr Kopf lag an Vaskos Schulter, sie sah aus wie nach einem Unfall, Mund offen, der Hals so groß.

Im Straßenlicht und den huschenden Scheinwerfern sahen wir aus wie in einem Schwarzweißfilm. Mamas Haare zwischen Vaskos Augen, und die meinen waren wie gefrorener Rauch. Zwei Monate lang hat es für mich nur fahrige Blicke von ihm gegeben und nur unbetonte Worte. Jetzt war Einverständnis da.

Am nächsten Tag sagte Vasko, er wolle das Auto in die Werkstatt bringen, denn die netten Beamten hätten ihm eine Chance gegeben, wenn er in achtundvierzig Stunden neue Reifen vorweisen könne, sehe man von allem ab und so weiter und so weiter, ich hätte trompeten können vor Ungeduld, er bringe nun das Auto in die Werkstatt. »Fährst du mit, Bruna?«

Mama setzten wir bei ihrer Firma ab. Und dann, dann, Sonja, dann sind wir durch das Ried gefahren zu einem Haus, in dem eine Frau wohnte, die Vasko kannte, und diese Frau wußte bereits, daß wir kommen, und sie hatte bereits ein Zimmer für uns fertig gemacht, ein Bett mit straffem Leintuch und gestärkter Wäsche, Nachttischkästchen links und rechts, fertig. Telephonisch war das bestellt worden, gleich am Morgen.

»Als sie im Bad war«, gestand mir Vasko.

Er blieb noch bis zum Ende des Sommers. Nie haben wir zu Hause miteinander geschlafen, das war seine Bedingung. Ich hätte es getan. Auch in Mamas Bett hätte ich es getan. Er wollte mich nicht einmal küssen in unserem Haus. Und er ließ es nicht zu, daß ich ihn umarmte. Ich war immer hinter ihm her. Wenn wir am Abend vor dem Fernseher saßen und Mama die Fenster zumachte, weil es zu regnen begann, dann wollte ich ihn umarmen, wollte, daß er ganz schnell, wie ich weiß, daß er es kann, mit mir schläft. Er tat es nicht. Nur in diesem Haus, bei dieser Frau, in diesem gestärkten Zimmer, nur dort liebte er mich. Insgesamt achtzehn oder neunzehn Mal, sicher weiß ich es nicht mehr.

Mitte September, wenige Tage nach Schulbeginn, war er weg. Diesmal für immer, Sonja.

Ein schwarzer Vogel setzte sich auf Mamas und mein Haupt nieder und beeinträchtigte unseren Tagesablauf. Mama ließ alles fahren. Sie ging in Schwarz. Schwarz steht ihr gut. Sie las endlich »Anna Karenina« und spazierte auf Zuggleisen. Ein Anrainer erstattete Anzeige. Zweitausend Schilling wegen wiederholt unbefugten Betretens eines Gefahrengeländes. Sie spuckte auf den Amtsbrief.

Ihre Taille in dem schwarzen Kleid gab ihrer Hüfte einen kräftigen Akzent. Männer sahen ihr nach, wenn ich mit ihr durch die Stadt ging. Sie wurde gefragt, um wen sie denn trauere, und sie zupfte ein schwarzes Spitzentaschentuch aus ihrer Tasche und tupfte sich die Stellen unter ihren Augen. Sie gab eine Vermißtenanzeige auf, sie sei überzeugt, daß es sich um ein Verbrechen handelte. Sie schlief halb im Sitzen. Stimmen redeten anscheinend aus der Steckdose zu ihr. Sie saß schief auf dem Stuhl, ich kniete vor ihr und rieb meine Knie an ihren Knien. Mama. Bring mir die Waage, schrie sie. Ich rannte ins Badezimmer und holte die Waage, die dreckig war, voller Haare an der Unterseite. Und wollte mich wegschleichen. In der Firma gab es eine schriftliche Verwarnung. Sie lag im Bett, ungekämmt. Ich fürchtete, sie würde sich wieder die unleserliche Flammenschrift am Himmel einbilden. Dann drehte sie ihr Leben um und wurde zur entgeltlosen Überstundenkönigin.

Wir warteten. Wir starrten auf die leeren Räume zwischen den Sternen. Der Mond zog eine Spur ins Zimmer, und Mamas Haare zitterten in seinem Schein. Der Fensterflügel machte tschik tschik. Mir hat man nichts angesehen. Es hätte einer ein Hellseher sein müssen, ein Hellseher hätte freilich alles gesehen. Also hätte er auch in mich hineinsehen können. Er hätte auch in Mama hineinsehen können, Sonja. Und folgendes hätte er gesehen: deine Mutter und ich – beide waren wir schwanger.

Barfuß, die Beerdigungsschuhe in der Hand, ging ich auf unseren Wohnblock zu. So bin ich gegangen mit neun, vor meiner ersten Beichte. Angst hatte ich gehabt, weil mir keine Sünde eingefallen war. Aus einem Garten hatte ich Schneerosen gestohlen, um getrost einen Diebstahl beichten zu können.

In großer Munterkeit kam mir Judy entgegen. Hübsch x-beinig, auf Rollerblades, umrahmt von zwei Buben ihrer Klasse.

»Oh, Mama«, rief sie mir zu, als gehörte ich in einen Song hinein.

PIPER

Monika Helfer

Mein Mörder

Roman. 160 Seiten. Geb.

Niemand darf erfahren, daß Tschakko im Keller sitzt. Tschakko ist Ferdinands neuer Freund. Und er hat seinen Vater und dessen Geliebte erschossen. Glaubt Ferdinand. Doch am Ende ist er der einzige, für den Tschakkos Geschichte zum Verhängnis wird.
Eines Tages hatte Tschakko einfach im Keller des Mietshauses gesessen, in dem Ferdinand wohnte. Tschakko war Ferdinands Freund. Und natürlich würde Ferdinand ihn nicht verraten. Statt dessen brachte er ihm einen warmen Schlafsack und den dicken Fellmantel seiner Oma. Immerhin hatte Tschakko mit dem Gewehr seiner unglücklichen Mutter beigestanden. Ferdinand war froh, daß es Tschakko gab. Denn Tschakko hatte etwas zu erzählen. Er begriff nicht alles, was ihm Tschakko da berichtete. Aber er glaubte es. Und deshalb stimmte er auch zu, als Tschakko ihn bat, das Gewehr für eine Weile bei sich zu verstecken.
Leise und fast unmerklich gewinnt Monika Helfers Geschichte vom kleinen, einsamen Ferdinand an Dramatik, bis zum ebenso erschütternden wie lakonischen Finale.

Monika Helfer

Oskar und Lilli
Roman. 283 Seiten. SP 2165

Die ebenso heitere wie schmerzliche Geschichte zweier Kinder, die ihren Platz in der Welt suchen.

»So etwas Unsentimentales über das Zusammenleben der unterschiedlichen Generationen habe ich schon lange nicht mehr gelesen.«
Süddeutsche Zeitung

Die wilden Kinder
Roman. 155 Seiten. SP 659

»Monika Helfers Buch ist klug, witzig, klarsichtig und von der ersten bis zur letzten Zeile ein Lesevergnügen«, begeisterte sich die »Neue Zürcher Zeitung« über die Geschichten von Bella und Angela. In einer chaotischen Welt der Erwachsenen versuchen sie mit Frechheit, Phantasie und viel Mut ihre Träume vom großen Glück (Angela) und von der kleinen, aber sicheren Ordnung (Bella) zu realisieren.

Ich lieb Dich überhaupt nicht mehr
Roman. 263 Seiten. SP 1343

Der Neffe
Erzählung. 125 Seiten. SP 1829

Drei Wochen soll Isabella, großstädtische Exzentrikerin aus Berlin, ihren elfjährigen Neffen in der österreichischen Provinz hüten. Albert freut sich auf die Zeit der Freiheit und auf exotische Abenteuer. Nicht weniger erwartungsvoll ist Isabella: Gerade einer verunglückten Liebschaft entronnen, wittert sie in der Provinz das geeignete Revier für ein paar sexuelle Raubzüge. Doch wo zwei die gleichen Interessen verfolgen, kommt es früher oder später zum Krieg. Als Isabellas Liebhaber zum Dauergast wird, ist Alberts Toleranz am Ende… Was wie eine leichte Sommergeschichte beginnt, entwickelt sich zunehmend zu einer Horrorstory, ebenso amüsant wie verstörend, ebenso schön erfunden wie wahr.